成长·悦读

U0665579

冰心

儿童图书奖获奖作家作品

Bing Xin

ERTONG TUSHU JIANG
HUOJIANG ZUOJIA ZUOPIN

古寺钟鼓声

张记书◎著

中国书籍出版社
China Book Press

图书在版编目（CIP）数据

古寺钟鼓声 / 张记书著. ——北京：中国书籍出版社，2013.7
（成长·悦读）
ISBN 978-7-5068-3626-5

Ⅰ. ①古… Ⅱ. ①张… Ⅲ. ①小小说—小说集—
中国—当代 Ⅳ. ① I247.8

中国版本图书馆 CIP 数据核字（2013）第 158028 号

古寺钟鼓声

张记书　著

丛书策划	尚东海　武　斌	
责任编辑	邓潇潇	
责任印制	孙马飞　张智勇	
封面设计	红十月工作室	
出版发行	中国书籍出版社	
地　　址	北京市丰台区三路居路 97 号（邮编：100073）	
电　　话	（010）52257143（总编室）　　　（010）52257153（发行部）	
电子邮箱	chinabp@vip.sina.com	
经　　销	全国新华书店	
印　　刷	北京一鑫印务有限责任公司	
开　　本	710 毫米 ×1000 毫米　　1/16	
字　　数	200 千字	
印　　张	11.5	
版　　次	2013 年 12 月第 1 版　　2018 年 7 月第 2 次印刷	
书　　号	ISBN 978-7-5068-3626-5	
定　　价	22.00 元	

序

　　这是一套冰心儿童图书奖获奖作家的小小说作品集。看到这套书，就不能不先谈谈小小说。

　　从上世纪80年代中期开始，由于社会生活的变化，快节奏的现代生活，使人们在艺术鉴赏中，越来越注意审美经济原则，即以最少的时间获得最多的收获，因而在阅读上要求精练精短，从而催生了小小说的迅速发展。我国的小小说迅速从"创作现象"发展为"文体现象"，再演变为一种"文化现象"，构成了中国当代文学史上的一道亮丽风景。

　　最为打眼的现象，是小小说迅速走进了大学、中学，走进了中考和高考。

　　进入新世纪以来，中考、高考语文试卷基本都有"话题作文"，而"话题作文"最接近于小小说。

　　2001年，南京考生蒋昕捷的作文《赤兔之死》，获得高考满分，被选入南昌的《微型小说选刊》后，又被收入《中国微型小说双年选》一书。后来连续几年高考结束后，总有人说某考生的满分作文是抄袭或模仿某作家的哪篇小小说，以致闹得沸沸扬扬。若真要对这一频发现象刨根问底，得出来的结论只能是一个：小小说是学生喜爱、教师推崇、家长关注的一种文体，中学教育需要小小说。

　　据不完全统计，近年来，小小说被收入各类试卷与教辅教材的有上千篇之多，本套丛书的作者，均有作品被选入各类试卷与教辅教材，如：郁葱的《特别的生日礼物》(原名《特别的礼物》)，被山东、河北、河南、辽宁、黑龙江、江西、云南、甘肃、福建等十几个省市作为中、高考语文考试阅读范文或模拟试题，2013年，天津滨海新区五所重点中学将该文选入高中毕业班联考语文试卷；亦农的《棋杀》，先后入选武汉市2008—2009年度九年级统考试卷、入选成都2009—2010年中考试卷、云南师大附中高考月考试卷，等等。

　　2009年，凤凰出版集团旗下的江苏文艺出版社，出版了南京师范大学凌焕新教授主编的《高考金榜作文与微型小说技巧》一书，对高考金榜作文与小小说的关系进行了梳理与考证，认为小小说对提高中学生的作文水平将产生立竿见影的效果。

由此可见，中国读者需要小小说，中国教育特别是中学教育更需要小小说。

然而，自上世纪90年代至今，已出版的小小说作品集，以及收入小小说的教辅资料浩如烟海，仅获"冰心奖"的作品集就不少于80本。其中哪些文学品质高，哪些适合中小学生阅读，应当是需要一套选粹本的。这套丛书就是根据此需要，从冰心儿童图书奖获奖作家的作品中，遴选出的既有较高文学品质，又适于中小学生阅读的精品力作。可以说，这套丛书，是发给中小学生的"特快专递"，是通往语文课堂的"直达快车"。有了这套书，语文老师在选用范文时，就用不着在浩如烟海的教辅资料中沙里淘金、"众里寻他千百度"了；学生看了这套书，在进入中、高考语文考场时，心里就不会"兵荒马乱"了。

中国文学的未来是属于青少年的。我希望这套丛书，能够为青少年一代提供文学的正能量，培育出更多热爱文学、热爱小小说的青少年读者和作者。

是为序。

金波

成长·悦读

Contents

目录

成长·悦读

Contents

目录

成长·悦读

Contents 目录

成长·悦读

Contents

目录

古寺钟鼓声

华龙少林武术学校一下子成了我们这里的"明星"。

华龙少林武术学校紧邻本地的一座古寺，虽然号称"武术正宗"，但原来也和我们这座小城一样默默无闻。可是最近，学校的高才生铁林，在全国武术散打比赛中，一举夺得该项冠军，为武校建校以来，赢得的第一枚金牌。走下领奖台，他就同教练金戈紧紧拥抱在一起，激动的泪水流了两人一脸。

全国冠军啊，在我们这个普普通通的城市，鲜有这样的殊荣。

金戈教练是我结识多年的老朋友，作为晚报体育版记者，我自然要找他聊聊了。一见面，我就向他提出一串问题：你是如何培养出冠军的？冠军生活中有什么轶事……

金戈在训练场上，像个驯虎能手，然而在我的提问下，像个绝捻的炮仗，没了声响。他抓了半天头皮，挤牙膏似的挤出几句话："怎能说冠军是我培养的？应该说是他自身素质发挥得好。我只是做了我应该做的一点指导工作而已。至于冠军轶事，不知从何谈起。你要的轶事会不会是带色的？众所周知武术学校目前都是清一色的男生，不会有带色故事的。"

"没有带色的故事，就没有别的故事？"我说。

金戈又是抓头皮，抓着抓着，一拍大腿："有啦！"接着就讲了武校刚建不久的一个故事：

一个学员找到金教练，说他的一块劳力士手表被人偷了，还说这块表是他在美国的舅舅送他的，很名贵。一听这事，金教练就很挠头。他找到校长，请示

1

怎么办。校长是个急性子，没什么工作经验，就说全校大搜查，找到小偷决不轻饶，不送派出所，也得开除，品质太恶劣啦。到听这话，金教练就觉得不妥当。这些学员都还是初出茅庐的毛孩子，处理不好，有可能误人一生。为此，金教练一连两天吃不好饭，睡不好觉。第三天，他又找到校长，说："这事由我解决吧！"

一脸无奈的校长点了点头。

于是，在那天晚上，由金教练召集全校学员开了一个别开生面的会议。会上，金教练语重心长地说："大家都想学少林正宗武术，可你们想过没有，少林武术教给我们的，不仅是博大精深的武功，还有匡扶正义的武魂。所以，武林历来有一句老话：学武先育德。"伴随着悠悠的古寺钟鼓声，会场里一下子静了下来。

金教练看着大家脸上渐渐严肃起来的表情，突然笑了笑，以一种轻松的口吻说："我相信这块手表决不会有人偷的，一定是哪个学员开玩笑，暂且拿去玩玩罢了。但是，现在弄出个所谓偷手表风波，有可能把这个学员架起来了，想还表也不好意思啦！"

然后，他宣布："拉灭灯，我们一起做个游戏，请大家跟上我，一起走过主席台。"

接着，学员们一个跟一个，就嘻嘻哈哈围着主席台转了一圈。等灯再亮时，那个学员丢失的手表已躺在了主席台桌子上。

自从那天以后，金教练就注意到有个学员，训练特别卖力，处处事事特别认真，每次表演都得第一。金教练表扬他时，他只是腼腆地一笑。他就是后来的冠军，他的名字就叫铁林。

当我采访铁林时，他扭捏得完全不像个冠军样儿，脸红得像只刚下过蛋的母鸡。我问他当了冠军有何感想，他一个劲地说，首先感谢金教练教他如何做人。一个人一生总会犯这样或那样的错误的。对待他的错误，你是由衷地热心帮助，还是冷酷地一棒子把他打死，这就看你的人格和做人的态度啦。顿了顿，他又说，如果不是金教练对他的帮助，也许这冠军永远不属于他。所以这"军功章"起码一多半是属于金教练的。

证明活着

特殊年代，就会出现特殊的故事。

当中原钢铁厂退休老工人集体返厂"闹事"时，郸城市知名作家 WC 便及时赶了来。他要掌握第一手资料，打算写一部反映新时期退休工人生活的小说。

退休工人"闹事"的理由是：厂领导不把他们当人看待，侵犯了他们的人权。

WC 找到为工人说话的厂工会主席老田，才了解到：起因源自三年前厂里出台的一个"证明活着"的文件。因这个厂退休老工人大都出生在农村，退休后多数回老家颐养天年，为防止有过世的人仍冒领退休工资，文件规定，每个月厂里寄工资之前，要求每个人按厂里要求寄一张近照，以证明自己还活在这个世上。比如，这个月要求用双手做搬钢坯状照相，使他们回忆当年劳动时的自豪；下个月要求以舞剑或打太极拳的姿势照相，以表现退休后的生活幸福；再下个月要求做个怪状照相，像逗你玩，以显示老来乐。仅这样要求还无所谓，当某个月要求做狗叫状或驴叫状照相时，老工人们恼怒了、不干了，终于发生了事端。

厂领导劝走老工人，要求厂工会尽快出台一个"证明活着"的新方案。接到上头精神，全工会人员立即开了大会开小会，讨论来讨论去，一时也想不出个好点子。还是一位爱人在公安系统工作的同志提出了按手印的方案，获得了大家的一致好评。说这方法最科学，公安局抓犯人，就是凭手印破案的。这手印谁也做不了假。

新方案实行后，受到了退休老工人们的普遍欢迎。他们只要在每月初，厂里寄来的"证明活着"资料上按个手印，再返回去，就很快在工资卡上收到了当月退休工资。

从此，厂泰工人安，厂兴民众乐。

一转眼又是三年。当新厂长上任，烧"三把火"时，为工会制定了一项"定期看望退休老工人"的制度。于是，由工会主席老田挂帅，WC作家跟随，利用节假日或老工人的生日，走张庄、赴李村，访刘寨、去高镇，自然受到了人们的热烈欢迎。他们所到之处，被笑脸包围着，被温情感动着。然而，当他们五次到赵壁看望赵师傅，都未见到本人时，他们不约而同沉思起来：刘备三顾茅庐，见到了诸葛亮，为什么我们五进赵壁，都见不到赵师傅？每次来，他家人都十二分热情，不是说赵师傅走亲戚，就是说去旅游了。莫不是他老人家对单位的工作有意见躲着不见吧！或者……

这次，当赵师傅家人非要为他们接风，忙着准备酒菜时，老田拽赵师傅七岁的孙女儿到屋外聊起了天："你爷爷干什么去了？"

"爷爷出远门了。"赵师傅孙女答。

"到哪儿去了？"

"爸爸说去天国了。"

"天国是哪儿？"老田心里一愣。

"嘿嘿嘿，我也不知道。"

"想爷爷吗？"

"想。"

"想爷爷怎么办？"

赵师傅孙女眨巴了几下眼睛，就一阵风似的刮进屋里。一会儿又刮回来，怀里抱个玻璃瓶子，说："这里有爷爷的工资卡，想爷爷的时候，爸爸就会用爷爷的工资卡取钱，为我买好吃的。"

老田冲瓶子一瞅，不禁心里咯噔了一下：瓶子里装着一根用药水浸泡的手指头。他两眼一黑，差点儿栽倒。WC也吃惊地"哦"了一声！

心 灯

　　天府之国一场特大地震灾难中，中学生辛亮亮被倒塌的楼房掩埋 146 个小时之后，奇迹般地被救了出来。面对抢救他的武警战士和为他疗伤的白衣天使，他流下了一串又一串感激的泪水。新闻记者采访他，问他："这么长的时间，你是怎么挺过来的？"于是，他讲述了一个让人十二分感动的故事——

　　当他从迷糊中睁开眼睛时，四周围黑洞洞的，什么也看不到。他伸了伸两条胳膊，没伸展，就被一块水泥板挡住了。他用右手摸了摸头，左额角黏糊糊的，似乎淌过血。他蜷了蜷两条腿，左腿可以缩回来，右腿被什么东西死死地压着，一动撕心裂肺地疼。他拼命打开记忆大门，问自己："我这是在哪里？是在做梦吗？不，不是。"他终于想起来了：上课的铃声响过，语文老师走上讲堂，刚讲了一会儿，教室就晃了起来。有人喊："地震，快跑！"听到喊声，他想拽同桌的婷婷一起跑，伸出手还没抓住她，上下强烈颠簸的震动，就将他颠到了桌子下。之后，好像有个什么东西重重地打在他的头上。再后来，他就什么也不知道了。

　　此刻，他明白了，他是被地震震塌的教室埋住了。他想，如此强烈的地震，同学们都很难跑出去。如此说来，婷婷一定就在他附近。于是，他两只手不停地在周围摸索着。突然，他捉摸到了一只纤细的小手，他一把抓住，得到的是一声微弱的呼救声："救救我！"是婷婷的声音。顺着她的手摸过去，摸到了她的头，再往前摸，摸到了她的背，然而背上却压着一块巨大的瓦砾。他用力推了推，纹丝不动。他鼓励婷婷："坚持下去，一定会有人救我们的。"回答他的却是婷婷一

5

声又一声无奈的呻吟。

四周太黑暗了，他被黑暗压抑得快窒息了。他想，如果有一点光明该多好呀！他记得他书包里有一只刚换过新电池的手电筒，那是他准备的放学晚了，回家走夜路用的。他便在身边摸起书包来。书包终于在一条桌腿边找到了，手电筒露了出来。他像一个匆忙上战场忘带武器的战士，突然有了武器，别提多高兴了。他推开电门，狭小的空间顿时亮了起来。大概因电光的刺激，婷婷睁开了眼睛。只见她的肩头正在流着血。她拿出最后的力气，对亮亮说："我不行了，我们的希望全落到你的身上了！"说完，头一歪，再没了声音。

亮亮关了电门，抓着婷婷的手默默流泪：就这样与婷婷告别吗？难道昨日共同上北京大学的美好憧憬就这样结束吗？不，我一定要坚强，要活下去，实现两个人的理想。想到此，他心里一下子亮起了一盏灯。于是，他打开手电筒，开始复习功课。他的数学较差，他就先从数学开始。一旦钻进书本里，时间似乎就凝固了。也不知过了多久，他感到困了，就关闭电门睡一会儿。

复习完数学，他觉得又渴又饿。可是，这儿哪有吃的喝的呢！他开始寻找能吃能喝的东西。他用双手和左脚在四处活动着，感到左脚被一个软软的东西绊了一下，他用脚钩过来，是个矿泉水瓶。他一阵惊喜，拿到手中，里面还有小半瓶水。他扫兴地捏了半天，然后把瓶口对准自己的下身。为了生存，只能这样了！

喝了点水，他有些精神了，就开始复习英语。累了，就睡觉。

偶尔，看一眼婷婷，她早没有半点声息，到另一个世界去了。他拉了拉婷婷的手，她的手已变得又凉又硬。

他再次关闭电门，闭上眼睛养精蓄锐。又不知过了多久，他被饥饿唤醒，两眼直冒金星。胃里一点东西也没有了。有什么办法能解决这临时困难呢？眼下除了书本，没有别的东西。他决定试一试。撕下一页，嚼了嚼，又向嘴里倒了些自身水，咽了下去。胃里立刻好受了些。

他开始复习语文了。他最爱这门功课，并且特别喜欢唐诗。他不知在这里还要待多久，为了节省电，他开始在黑暗中背诗：床前明月光……

当他吃了大约有十多页书，那点水也喝完的时候，他突然听到外面有狗叫声和人的说话声。于是，他用吃奶的力气向外面喊："我还活着，快来救我！"外面立即传来回声："要坚持住，我们正在救你！"

随着一阵挖掘机声和锯断钢筋的声音之后，亮亮重见了天日。

一个奇迹，一个在爱心帮助下，敢于向命运挑战的奇迹，就这样诞生啦！

污 染

邬大伟患肺癌是必然的，因为他的烟瘾太大了。有哪个瘾君子一天能抽五盒烟？老邬能。他的烟瘾几乎同他的官位成正比：从每天抽一盒、两盒……到五盒；从股级、科级……到正处级。

当他躺到病床上，医生宣布他从此不能再抽一支烟，上级领导来看望他，要求他安心养病，宣布处理工作由常务副处长代替时，他就想：完了，一切都完了！

医生拿出为他拍的片子，背着他，让他家人和单位人看。整个肺部乌黑一团，像阴云密布的天空，时刻会有雷电暴雨袭来。

家属问医生：如何治疗？医生说：我们正在研究最佳方案呢！家属又问：能否把污染严重的肺叶割掉？医生说：整个肺部都污染严重，总不能把肺全部割了吧！

家属无奈了，只好由医生处置，听天由命啦！

知道了老邬的病情，单位多少人在窃喜：他的位子，大家都盯着呢。

也真是福不双至，祸不单行，就在医生举棋不定的时候，老邬突然昏死了过去。紧急检查，心电图、脑电图一齐上阵。结果出来了，是脑血管破裂，造成脑溢血。

主治医生立即命令：马上做开颅手术，否则，病人时刻有生命危险。

在医生的一阵忙碌后，老邬的脑盖骨被掀开了。这一开颅不大要紧，大家都吃惊了：怎么老邬的整个脑仁全是乌黑乌黑的？

　　医生把情况告诉他家属，并问：他除了抽烟，还有什么不规律的地方？家属想半天，答不出个所以然来。

　　医生把情况告诉他单位人，并问：他除了正常工作，还有什么不良嗜好？单位人左思右想，说：他除了抽烟，没别的嗜好。医生们就不解了：抽烟可以把肺叶熏黑，但不至于污染到大脑吧！

　　这件事汇报给老邬上级领导，上级领导也不理解。他们都说：老邬基本是个好同志，几十年如一日，和上级保持高度一致，认真学习各种文件，努力贯彻各项方针政策。可怎么大脑会变黑了呢！

　　就在大家都不理解的时候，老邬就到了另一个世界，与单位和家人永别了。

　　在他的死亡通知单上，医生写道：肺癌导致死亡。并没写大脑污染云云。

老婆教我坐牢房

一个贪官的自白——

我们结婚时，老婆是一家大企业办公室的打字员。人长得花容月貌亭亭玉立，外号白牡丹。我那时是组织部干部处一个年轻的处长，又是培养部领导接班人的苗子。我们的结合，可谓郎才女貌，天生的一对，地造的一双。一时间，被机关大院传为美谈。

说真心话，我们开始的确有过几年好光景。大约在我正式坐上部长的位子时，家庭就像遇到急风暴雨的船，开始颠簸了。日子过得就如铁锅炖鸡汤，不放肉来只加水，越熬越寡味了。这时，我才发现老婆空有一张好表皮，却长着一张乌鸦嘴。每天一睁开眼，就唠唠叨叨没个完。不是指责你这不对，就是批评你那不行。

失去吸引力的家庭，就促使我常常晚回家，或者借故不回家。

有一件事，是我们矛盾的转折点。有一次，她提前下班来到我办公室，说要同我一起去商场，帮我买一件她早已看中的衣服。她来时，正好机要秘书王晓莉给我送文件，交代完正事，看我工作不太忙，正一边抽烟一边喝茶，就顺便坐在我对面沙发上拉了会儿家常。也是巧了，小王正和新婚不久的丈夫闹矛盾，她就向我诉说了起来。说到伤心处还抹起了眼泪。这一幕偏叫我老婆撞见了。以后，她就没完没了审问这件事。我无论怎么解释，都无济于事。从此，老婆像福尔摩斯似的，四处侦探。我回家稍晚一会儿，她都要大发雷霆。在我衣服上发现了一根女人穿的毛衣上的毛儿，或者在我身上闻到一股异样的味儿，都要大闹一番。有一次，她悄悄跟踪王晓莉，被小王丈夫发现，终于酿成了风波。王晓莉丈夫误认为小王有了外遇，开始打闹，以至闹到离婚为止。离婚后的小王，来我办公室更勤了。一来二去，我们心里也弄出了几朵说不明道不白的火花。心里也觉得该和小王弄出点事儿了，不出点事儿，实在对不起老婆。后来，我们就悄悄好上了。

人真是个怪东西，同小王走在一起后，我反而注意影响了。平时在单位，很少与她搭话，并且每天按时上下班了。对老婆表面也和好了许多。你别说，这时老婆反而不怀疑我有事了。

从此，日子相对过得顺溜了些。尽管同床异梦，但表面热热乎乎。有一年，还被社区评为优秀家庭。

然而，优秀家庭反而出现了越来越多不优秀的故事。我和小王不断偷情，致使她两次怀孕。她哭着闹着，非要我和老婆离婚，同她结婚。我怕闹出事端，就一边劝她流产，一边用金钱摆平问题。这就使我情不自禁产生了捞外快的想法。

回到家，妻子每晚都吹枕头风，说张三多会办事，看人家老婆穿金戴银的，那钱是大风刮来的！夸李四真会做人，不仅购了150平方米的新房，还进行了豪华的装修，好像他家开着银行似的！再有人找我办事，送来放在烟盒里捻成卷儿的百元大钞，我便装糊涂收下了；有人想提升，送来放进鱼肚子里的金项链，我也装傻拿回了家（当然，也有不拿回家，悄悄送给小王的）。

慢慢地，我的胃口越来越大了。甚至，别人大张旗鼓送来的10万、20万的，我也敢明目张胆笑纳了。无非帮人家安排个合适工作，或者给送礼人提升个一官半职。反正是你花钱我办事，合理交易嘛！

正当一切事情进展顺利的时候，小王同我闹起了摩擦。她看我死活不离婚，和我结不成婚，就拼命在经济上索取，并威胁我说，不给她买100平方米的住房，就要把我们的事情公开，不闹个天翻地覆决不罢休。无奈，我只好答应她，半年后满足了她的要求。

电视上不断曝光一些贪官污吏倒台的报道。接受他们的教训，我也采取了一些措施。比如，让我老婆在前面表演，我在后面指挥。万一事情败露，也有个推头。

常在河边走，哪能不湿鞋。尽管我一再小心，到底还是出了事儿。在我过50岁生日时，一位迫切想升官发财的下级送给我一匹有半斤重的金马（因我属马），因他在别的问题上露出了马脚，顺藤摸瓜牵出了这件事。不久，我就被双规了。双规后，我如实交代了自己的问题。万没想到，我老婆背着我，还收了200多万元赃款呢！

如今，我已被判刑，在铁窗里度日如年。思前想后，便像一部电影就要结束时，回放过去一幕一幕的镜头，心里就像打翻了个五味瓶，酸甜苦辣咸，样样俱全。

父亲的藏"宝"

　　父亲有一只小木箱，从我记事起就常年锁着，算下来有40多年了。父亲是h纺织厂的老厂长，他还在任的时候，每逢遇到什么困难和挫折，就打开小木箱看一阵。于是，他凝重的眉宇就舒展开来。自从他离休后，似乎打开小木箱的次数比以前更勤了。有时报纸、电视台报道了哪儿又惩治了脱离群众的贪官污吏，他就打开小木箱看一阵，之后便叹声连连。有时，几个要好的叔叔、伯伯来家小聚，父亲就把他们邀到他的卧室，还倒插上门。我猜想，父亲一定在亮他的"宝"啦。随后，就传出一阵阵争论声。待大家分手，还一个个面红耳赤。

　　父亲病重之后，就把我叫到他的身边，把小木箱的钥匙交给了我，说他风风雨雨工作了一辈子，没给晚辈造什么福，唯独留下这么个小木箱，里面的东西不知算不算文物什么的。并嘱咐，他"走"后再打开。给儿女留个纪念吧！

　　父亲过世100天的时候，我同弟弟妹妹们一同为他扫完墓，就觉得是打开父亲的小木箱，展示他"宝贝"的时候了。

　　大家都提心屏气，睁大了眼睛。

　　开箱是神圣的，也是神秘的。当数双目光像探照灯聚光到小木箱上时，我拿钥匙的手都有些颤抖了。

　　40多年前的风尘打开了，40年前的风雨似乎再现眼前。小木箱里规规整整地躺着一顶父亲"文革"时戴过的高帽子，大约有二尺多高，帽子上还歪歪扭扭写着"走资派牛文斌"六个大字，"牛文斌"三个字还用红笔打了叉。木箱里还有一篇父亲写的回忆录《戴高帽的日子里》。于是，我们姊妹们便传看了这篇文章：

13

1966 年 9 月初，文化大革命像一阵怪风，刮到了纺织厂。当时我是厂长，风头直对着我扑来。因风尘弥漫难以睁眼，不知哪位"好心人"给我戴上了一顶蒙头盖脸纸做的白帽子。这顶帽子本来可以挡风，结果起了更加招风的作用。为啥招风？因为帽子太高了，戴在我头上，再加上我一米八五的身量，简直像举在半空中的纸人。形象怎样，我自己没有感觉，只是观众议论，说我像个"吊死鬼"，冷眼一看怪吓人的。实际上，单凭这顶帽子高得出奇还不算很惊人，加上帽子上"走资派牛文斌"六个大字，就更加镇人了。我记得戴着这顶帽子游街的时候，路旁的人简直像看耍猴的。

自从我戴上这顶高帽子，挨批斗受折磨整整三年，其苦难状况随着时光消失了，唯一记在心里的是修锅炉。修锅炉本来不是多大的事，可在我当时的处境下就有了文章。

我原本是天天研究纺织质量和产量的人，对单位的锅炉好烧不好烧的事一无所知，从来没有人向我说过。

皆因高帽子一戴，成了牛鬼蛇神，当起了厂里的勤杂工，这才有了与锅炉见面的机会。

修锅炉这件事，是在"运动"展开后的第二年初冬出现的。当时，我正提着泥桶逐屋盘火炉子，听说有座小锅炉多年没有烧开过一炉水，就感到新奇，忙贴近锅炉查看。这时一位车间主任走过来对我说："你在厂里当领导多年啦，从未见你管过这种事，今天你来了，看看这个小锅炉为什么总是烧不开一锅炉水呢？"

我接受这项任务以后，立即打开炉门仔细观看，并且点火试烧。越看越明白，从而联想到我年轻时在农家得到的一点盘灶知识。当时，我家的灶膛不好烧，点着火的柴往灶膛一塞就灭，要不就是光冒烟不见火。对此，我父亲也不知是怎么回事，就在邻居家请来一位老瓦匠师傅。瓦匠师傅一看，立即说："你这灶膛过火处有挡头，可能过火处上边的土坯坏了。"父亲一听，随手把灶台上的铁锅搬掉，一看，就是过火处上边横盖着的那土坯塌了下来，挡住了烟气的顺流。改修后，立即好烧了。

瓦匠师傅在指点父亲修灶膛时，说了一句瓦工技术话"远隔山，近隔柴"，意思是灶膛内有障碍，点不着火。炕洞和烟囱内有障碍，烟气不通顺，必然返烟。

我当时才十来岁，听到这种瓦工语言，并不在意，要不是遇上修锅炉的事，早把这种技术语言丢到天外去了。于是，针对小锅炉的毛病，正和"近隔柴"的道理相吻合。小锅炉就是添上煤以后，光见混烟，不见火苗。围绕这个难题，我仔细观察了炉膛内的构造，断定是灶膛上端两膀阻烟，根在制造不合格。本来锅炉上顶应是"窝头"形，下大上小，与烟囱形成喇叭状，使烟气畅通顺流，可这个小锅炉不知是哪个外行人设计的，锅炉上顶与烟囱形成了倒反的"丁"字，烟不能顺通，反复在炉膛内混转，致使炉火无法兴旺。

针对这个毛病，我使用了土法，用泥土把灶内的上膀尖抹成了偏圆形，与烟囱口形成喇叭状。经过点火试验，完全成功，不大一会儿，锅炉的水沸腾起来，观者无不叫好。

小锅炉修好以后，又引来了新的任务——前纺车间地下暖气洞也不好用，每逢点火就到处冒烟，连烧火的工人也呛得站不住脚。经过我的检查，都是因为烟不顺造成的。前纺车间地下的过火洞有障碍，设在房后的烟囱问题更严重。烟囱通常是下粗上细的圆筒形，可房后边这个烟囱是方塔形，虽然表面显示下大上小，实际上是每收缩一节，烟囱内就缩进半个砖，整个烟囱有五六节都是向内缩进半砖，使整个烟囱成了倒装的台阶，使烟气步步受顶，节节碰头，根本达不到烟气畅通，自然形成到处返烟，炉灶内的火苗也旺盛不起来。

经过我跟靠边站的诸位伙伴一齐动手，把烟囱修改以后，宿舍里的暖气增强了，屋内的空气也没有熏人的煤烟混杂了。

修好锅炉和暖气洞以后，接着我又带领诸位伙伴为厂里盖起几间职工新宿舍。事后我想，要不是年轻时在家学习了点瓦工技术，怎么会在此时此地显示这点技能呢！再说，我要不是戴上走资派的高帽子，哪能有演出这场戏的机会！真是无巧不成书，历史上难得的奇闻呀！

读完父亲的这篇回忆录，更觉这顶高帽子不一般了。

后来，我把这顶高帽子拿给一个文物收藏家看。他一眼就看上了，硬要出十万元高价收购，并说，这可能是文革留下的唯一的一顶高帽子。

力　源

　　我是一个失去双腿的残疾人，每天只能被家人送到人民路与中华路交叉口的拐弯处，做修鞋工作。

　　我工作得很认真，鞋修得又快又好，多次受到顾客的好评。当我当选为古城年度残疾人榜样，被晚报记者采访的时候，我激动得半天说不出一句话来。记者问我："一年四季风雨无阻地工作，累不累？"我说："不累。"记者又问我："苦不苦？"我说："不苦。"记者再问我："你力量的源泉是什么？"我答不上来了。

　　其实，我心里有个小秘密，不能告诉记者，只能告诉您。说句真心话，当我第一天坐在那个特定旮旯工作的时候，一眼看到的是对面红星商场一位漂亮的姑娘。她大概是一位礼仪小姐，站在门口，彬彬有礼，一动也不动。她一出现在我面前，就像一轮红日升起，顿时照亮了我多年黑暗的心境。远远望去，虽看不大清她的真切面孔，但轮廓很美丽。我猜想，她一定有一头乌黑的头发，有一双充满智慧的大眼睛，还有高高的鼻梁，弯弯的眉毛，樱桃小口，一笑腮边两个小酒窝儿。

　　我干活干累的时候，就看一眼她，于是，浑身就充满了新的力量。

　　有时我想，她的工作真认真，态度真好，每次看到她，她都笔直地站着，从不弯一下腰，难道她不累吗？由她，我想到在大机关门口站岗的战士。据一位在某海关门口站岗的邻居小伙子说，站岗是非常劳累的，一个姿势站一两个小时，是一般人所承受不了的。她一天八个小时站着，一动也不动，我真佩服她的敬业精神。

有一天，商场门口发生了一起吵架事件，大概是一个醉鬼与一个姑娘吵了起来，好像还动了手脚。那姑娘是不是她，我看不清。待事情平息后，她仍然规规矩矩地站在原处，好像什么事没发生似的。

无形中，她成了我学习的榜样。一个刁蛮的顾客给我找岔子，说我给他缝的鞋不合适，我就一声不吭拆了重新缝。再次缝好后，他仍不满意，我就再拆了再缝一遍。他又不满意，我就再拆再缝。不想拆了三次，缝了三次，他还是不满意时，我就有点火了，我真想抡起锤子向他砸去。此时，看了一眼对面那个她，火气就一下子消失了。就再拆了三次，缝了三次，直到那个顾客满意为止。事后，那个顾客不好意思地说："兄弟，对不住了。出门时，老婆给了一肚子气，不该给你发！"临走，硬给了我六倍的工钱。第二天，还打了电台的清晨热线表扬我。

日子，有时像蜗牛一样，慢慢地往前爬；有时像穿梭一样，飞速地朝前奔。说话就过了一年。那姑娘的身上从春装换成夏装，又从夏装换成秋装，再从秋装换成冬装。我是以自己的"坐功"和着那姑娘的"不动"的步伐，一起走过来的。

当记者来采访我的时候，我真想让他先采访她才对。可是，我不能这么说。

由于新闻的炒作，我的"事迹"很快传遍了古城，来找我修鞋的人越来越多。当然，也有慕名来"拜访"的。有个长得虽然不怎么漂亮，但很有个性的姑娘三天两头来找我修鞋，一来二去，我们之间还真有了那么点丝丝说不清的情感呢！

当古城青联和晚报把我评为十大优秀青年之一时，我决定去拜访心中的偶像。于是，在一个春光明媚的早上，让家人把我推到了商场门口。

就在我要接近她时候，我的心猛地一颤：原来"她"是个塑料的时装模特，金发碧眼，一副典型的西方女性模样。

在"她"面前，我沉默了好半天。

之后，我就换了个地方修鞋，离红星商场很远很远！

画家住在鸡毛山

　　画家李保平选择住宅的时候，不知怎么就相中了多数人不喜欢的鸡毛山。鸡毛山是郸城一个不起眼的小山包，且离市中心较远。当住宅开发商开发的时候，许多市民都不屑一顾。然而，保平却爱上了这个地方。我猜想莫不是鸡毛山优美的民间故事吸引了他。

　　传说古时候，有个仙人在此山修道。仙人养了一群鸡，只只长得既漂亮又肥大。一天，一只恶鹰趁仙人不在家，飞来抓鸡，身上沾满仙气的群鸡便同恶鹰展开了殊死的搏斗。几个回合下来，除了头鸡被抓掉几片羽毛，其他鸡安然无恙，而恶鹰却落荒而逃，从此再也不敢来犯了。经过这场恶斗，像蝉脱壳似的，一夜之间一只只鸡出落成一只只金凤凰。能抵御外来侵犯的鸡却抵御不了内部的矛盾，常常为了争食或争配偶，厮打得你死我活。

　　保平住进新宅好不惬意，每天鸡叫（他有一只电子仿鸡叫闹钟）而起，早饭后迎着东方朝阳，走上坡去虎背山上的文联机关上班；下午走下坡，迎着西方夕阳回到鸡毛山家中来。无论走上坡，还是走下坡，他都能激发灵感，人生无非上上下下。于是，一幅幅别出心裁的美术作品便脱颖而出，并多次参加国内外画展，捧回一个又一个奖杯。

　　保平画得最得意的作品是画鸡。那画虽一般人欣赏不了，但高人行家却翘指夸奖，说正应了"呆若木鸡"的成语，这才是真正大手笔。于是，便有了"齐白石画虾、徐悲鸿画马、黄胄画驴、李保平画鸡"的美誉。

　　保平有个儿子叫小舟，自小就有艺术天分，上小学的同时还参加了"红、黄、蓝"美术班。经老师指点，进步飞快，再有保平教导，很快得到艺术真传。他常常对着爸爸的画说三道四，保平也不恼，说儿子定能青出于蓝而胜于蓝。

住在鸡毛山，保平的体会是：这儿不但是个有灵气的好地方，还是孕育艺术家的摇篮呢！

一日，为迎接中、韩两国画展，保平画了一幅群鸡争斗图，画完后左看右看不大满意。保平一时不知如何修改，儿子小舟却捂着嘴窃喜，弄得保平莫名其妙。一周后，保平正想重新构图再画一张时，却发现原画发生了很大变化。只见画中每只鸡身上都少了一些羽毛，掉下的羽毛飞满画面，真是一幅群鸡斗得天昏地暗图。

大展过后，这幅画被韩国国家博物馆收藏，收藏费20万美金。只是作者署名上多了一个人：李小舟。

街上流行长檐帽

在冀南市，戴长檐帽成了时尚，且帽檐越来越长，从开始的十公分长到二十公分、三十公分，看来还有再长的趋势。

这年头不定流行什么呢。像留长头发、大胡子、染黄毛……多半时髦的流行要从青年人开始。然而，这次流行戴长檐帽却是源自一位老同志。

这个老同志不是别人，是退休老市长赫冬民。

作为晚报新闻记者，听到这个消息，我便采访了他。赫市长是军人出身，性格开朗，回答问题像竹筒里倒豆子——利利索索的。

说他退下来后，在家里好好休息了一个月，越休越觉得没意思，就到街上转转。这一转转出了问题：他当了两届十年市长，突然感觉这个城市十分陌生，陌生得连熟人也不认识他了。他主动向人家打招呼，有的人装不认识，不理他。有的见了，马上转过头，像避瘟神似的，弄得他十分尴尬。

思来想去，他决定做一顶长檐帽遮住脸，以免别人认出他。这一招果然奏效，无论走在街上，还是在商场，他就像民间传说中带着"隐身草"，再无人见到他了。不少退休干部来找他，向他诉说苦衷，骂人心不古、世态炎凉，他就拿出长檐帽向人炫耀。于是，有不少人请求他帮着定做一顶。

赫冬民在长檐帽上似乎找到了商机。他先试着定做了一百顶，拿到老干部活动中心推销，被一抢而空。他计算了一下冀南市近年退休下来的老干部，少说有几千名，于是一下定做了五千顶。他把这些帽子装到三轮车上，到各家属院推销，到早市上叫卖，还唱着自编的顺口溜："长檐帽，呱呱叫，遮风遮雨遮烦恼；退休同志买一顶，保你无忧心情好。"

开始，他还戴着长檐帽做广告，后来干脆摘了下来。不少人看到昔日的市长，不拿一点架子同自己一道做买卖，感到十分亲切。青年人也纷纷买一顶戴在头上。

在卖长檐帽的过程中，赫冬民悟透了从政与从商相似的道理。再有退休老干部向他诉苦，骂世态炎凉的时候，他就给他们讲成语典故"市道之交"。

说，春秋战国时期，赵孝成王中了秦国的离间计，罢了廉颇的官，改用纸上谈兵的赵括为将。在廉颇未被罢官之前，来拜访和奉承他的人很多，罢官之后，这些人都不来了。等到了廉颇再度为将时，这些人又厚着脸皮前来恭贺。廉颇是个正直的人，很看不惯这些市侩之徒，便下了逐客令。其中一个见此情景，便赔着笑脸说："廉将军啊，其实朋友之交和市场上做买卖差不多，你有利可图，他们便纷纷而来，你无利可图，他们便相继而去，这是很平常的道理，您又何必怨恨和发火呢？"

讲完这个故事，大家都拍手称好。

当长檐帽在冀南市流行的时候，赫冬民已不再戴了。他剃了个光头四处游走，走到哪里都有热情的人向他打招呼——他似乎找到了退休后的自身价值。又过了些日子，他头上多了一顶和尚帽。他在想，明年不知市上是否能流行这种帽子呢？

泠 泠

左邻右舍都认为，泠泠父亲是个有学问的人。他为女儿取名字时，本想叫玲玲的，后来一查字典，泠泠两字也不错，就改变了主意。叫玲玲的女孩太多了，一多就显得俗气了，而叫泠泠的只有他女儿。父亲为给女儿取了个好名儿，感到很骄傲。

泠泠虽是个女孩，却生就一副男孩的脾气。小时候上树掏鸟蛋，比调皮男孩都爬得高。于是，就得了个绰号——假小子。

泠泠上学的时候，功课不怎么好，也不怎么坏，属和尚帽子——平不沓。其实，那年头功课好与不好，都没多大关系，因那是个特殊的年代，学不学知识无所谓，造反不造反可是个原则性问题。泠泠初中没毕业，就赶上了上山下乡。她是"文革"时下乡的最后一批，当时只有十六岁，正是花季年龄。举止虽像个男孩子，但两条大辫子一甩，活脱脱一个百里挑一的俊姑娘。她同一批知青来到那个穷得叮当响的贫苦农村时，全村男女老少的眼睛都亮了。她像一朵鲜亮的花儿，其他男孩像片片绿叶，使得全村都充满了生气。

村里添了这么多年轻人，一下子热闹了起来。一位老奶奶问村革委主任："他们是来干什么的？"革委主任说："是下来锻炼的知识青年。"老奶奶耳背："什么，下来端碗的吃屎青年？！"逗得大家哈哈大笑。从此，村里人当面叫他们知识青年，背地里叫他们"吃屎青年"。

泠泠是"吃屎青年"的中心，她走到哪里，哪里就像太阳一样明亮，许多小伙子跟屁虫似的跟着她。五月里下地割麦子，天热得像着了火，泠泠没割一会儿，就累得直不起腰来，望着一望无际的麦田两腿打哆嗦。但别急，准有"绿叶"来帮忙的。果然，就有先割到地头的小伙子接了过来，泠泠面前的麦子就齐刷刷倒了一片。泠泠也不说一声感谢话，只是那双明亮的大眼睛瞅对方一眼，对方就满足地笑着走开了。

有一年过"五一"节，泠泠到知青食堂打饭，当知青大师傅透过窗口刚把满满的一勺肉菜倒进她的碗里，就有另一名知青骂骂咧咧地把吃剩的半碗菜汤从打饭窗口泼了进去，弄得大师傅一脸污秽。大师傅也不示弱，舀一勺汤对泼过来。这个知青随即把咬了一口的窝头投了进去，大师傅随手又投出来半块馒头。你来我往，一会儿两个人都变成了花狗脸，人不人鬼不鬼的。过后，泠泠才知道，他们打架原来是为了她。大师傅知青大师傅暗恋她，就每次多给她打饭菜。那个小伙暗恋她，就处处帮她的忙，看到大师傅小伙巴结她，心里就吃醋。于是，两个人就暗暗较上了劲。这件事儿像一阵风吹过泠泠的心田的时候，泠泠不觉好笑起来，我对你们都还没有半点感觉呢，你们打个屁呀！

就在两个知青打架不久，知青返城的通知就下来了。泠泠第一批返了城。

泠泠要走的时候，许多小伙子都向她行注目礼。花儿没有了，只剩下绿叶，还有什么意思呢？泠泠向往着美好的城市，没顾及其他人的举动，忙着收拾完自己的东西，就坐上父亲派来接她的吉普车，一溜烟没影了。

回城后，泠泠很快就有了一份可心的工作。这除了当科长父亲的面子，还有一位阿姨十二分热情所致。这个阿姨是父亲单位一把手的妻子。她的插手显然是别有用心的。当她第一眼见到似带着露珠美人蕉的泠泠时，就暗暗在心里打上了小九九。她把泠泠悄悄同自己的儿子"拴"在了一起。所以，在以后的日子里，她就百般呵护泠泠，"疼爱"泠泠。还没尝到爱情真正味道的泠泠，就稀里糊涂当了人家的儿媳妇。

婚后，在外人看来，自然是革命伴侣，美满的一对儿。可鞋毕竟穿在自己的脚上，合适不合适她心里有数。随着岁月流逝，她越来越理解了一句老话：驴粪蛋儿外面光，你怎知里面多凄凉！

当我认识泠泠的时候，她已是两个孩子的妈妈，儿子在上大学，女儿在上高中。她虽下了岗，却又找了一份扫街的临时工作。公婆早退了下来，往日的神圣已被一阵风吹去了。母亲去世，父亲拖着一副病体需要人照顾。丈夫同她一样下了岗，但为了两个儿女的花销，像《沙家浜》里的阿庆一样，到外地跑单帮去了。冷冷虽然每日扫出了太阳，扫落了月亮和星星，却扫不净她心海深处那个旮旯里的尘埃。于是，就抽时间到丛台公园激情广场，挤在人群中唱年轻人不喜欢的老歌儿，以找回自己失去的灵魂。当我同她交谈的时候，说到动情处，她竟当着我这个坐（作）家的面，淌起了眼泪，然后说，一朵花儿该开的时候没开好花，该结果的时候没结好果，算是辜负季节了。我的后半生就是当牛做马，多挣点钱，供养好孩子，寄希望于他们吧！

为了弄清"冷冷"两个字的意思，我也查了汉语词典，解释为：形容声音清越。难怪她见人总是乐哈哈的，话声笑语像铃铛一般清新悦耳。说来也巧，就在这期间，一位书法家送了我一幅字，内容就是唐朝诗人刘长卿的《弹琴》：

冷冷七弦上，

静听松风寒。

古调虽自爱，

今人多不弹。

德 爷

　　乡里人说，德爷无德。但怎个无德，又讲不出个一二三来。从我记事起，他就单身独汉拐着一条腿颠来颠去，世界对他来说，好像哪儿都不平。

　　我常想，德爷的无德可能与他那条拐腿有关，因为他不像另外两个拐子拐得有来历。村东头的拐顺爷是小时候得小儿麻痹症留下的纪念，村西头的拐海爷是"抗美援朝"得来的"光荣"。而德爷的拐始终是个谜。

　　公社化后，德爷在村上当饲养员。我很恋他，放学回来就撵在他屁股后，听他讲故事。他会讲许多许多故事，而且一个比一个生动，一个比一个耐听。大概我当作家的最初念头就是那时萌动的，因为他讲完一个故事，总爱叫着我的小名说："小书的呀，好生上学，将来肚里墨水多了，就把爷爷讲的故事编成书，让世人都瞧瞧。"我便很认真地点头。他就满意地笑，笑完说："走吧，天不早了，别光顾听故事，耽误了学业。"我就恋恋不舍地离开他。

　　后来，我考上了县重点中学，离开了家。

　　那场史无前例的运动中，德爷遭了大难。大队革委会主任把他吊起来拷问，问他是怎么当上土匪的，杀过多少人，问他的腿是怎么残的。拷问了三天三夜，他铁嘴钢牙硬是一个字都没说。临死前，他托人捎信，说要见见我，见不到死难瞑目。于是，我放弃了去北京串联的大好机会，从三十里之外的学校赶到了家。

　　他一见我眼里就噙满了泪，紧紧拉住我的手不放，问我，他是不是个好人。我点点头，他眼里的泪水就哗地一下流了出来。然后摇头，说他不是好人，民国三十二年跟吴大麻子上过山，一年后和吴大麻子闹翻了，吴大麻子抢了个地主小老婆做压寨夫人，那女的命苦，心里装着个情哥哥，他夜里就放跑了她，后来就回到了家。德爷讲到此，停了一会儿说，他虽和吴大麻子闹翻了，可他认为吴大麻子也算个有良心的人，从来不糟害穷苦百姓。到家后，生活无着落，他就利用从吴大麻子那儿扛回来的那杆老套筒，干起了截路营生。自然是截富不截穷。有一年年三十，截了个要账归来的地主账房先生。那人很狡猾，把钱袋子扔过来，就装出一副可怜相，拽着自己的长袍说："壮士，行行好吧，给个方便，我回去也好向东家有个交代。"德爷一听也在理，举起老套筒就向他长袍上开了一枪。没想到这是那人的诡计，老套筒一次只能装一个子儿，枪一响里面就没了子儿。说时迟那时快，那人冷不防一下子就踢翻了德爷，夺过枪向他打来。从此，德爷那条腿就变残了。

讲完这个故事，德爷久久望着我，流着泪说："德爷不配做好人。德爷心眼实，不中用。土匪当不好，截路也截不成呢，我要说的就是这。死后，有人在德爷的坟头上跺脚吐唾沫，你就把故事讲给他听！"

那天夜里，他就归西了。

多少年过去了，我一直忘不了德爷，一想到他心里就不是滋味儿。

母亲·儿子·狗

母亲到了古稀之年，人越来越邋遢，面容越来越憔悴，可脾气却越来越大。她像其他老年人一样，不但爱唠叨，而且还爱摆出一副长者的架子，训人，指责人，甚至骂人。虚荣心也极强，希望别人夸她赞她，说她能干，说她漂亮，说她办事利落。其实，一个快进棺材的老妈子了，还有哪点可夸赞的呢？

她年轻时，的确是这一带有名的美人儿，且能干，开通，赢得了不少声誉。然而，几十年后，人老珠黄，今非昔比了。

她只有一个儿子。儿子又极孝，她想吃什么，就做什么，她想穿什么，就买什么，然而却有个怪脾气，从来不迎合母亲。尤其母亲患了多种疾病之后，对她更加严厉，动不动就对她说："妈，您的肝炎病该检查一下了。""您的心脏病要多加小心，有冠心病的人时时刻刻都有危险呢！"要不就"我给您买的救心药，为什么不按时吃？不遵医嘱是不行的！"

此时，她就发火，暴跳如雷："我没有病！什么药也不需要吃！"

儿子不语，过后，仍然批评她。

她就又发火，骂儿子"不是个东西"。

邻居看不下去了，劝她："你儿也是好意呢！"

她哼一声："屁个好意！"

邻居就劝儿子："什么叫孝顺？就是既孝又顺呢！"

儿子说："顺着她，就害了她。"

邻居说："那也不行。古人总结出的'孝顺'是有道理的。"

27

道理归道理，儿子终究做不到，因为他太爱母亲了。他不希望母亲把身体弄垮，早早去见阎王爷。

母亲不吃药，不去医院看病，他就不高兴，就给她脸子看，就叫来小车，硬拉她见医生。

她就再次发火，跳下车，不跟他走。

终于有一天，她受不了儿子的管束，把他骂出了门，让他"永远滚出这个家"。

儿子流着眼泪望着母亲。母亲在气头上，不好再顶，那样更会伤她身子。

他只好暂且离开了她。

儿子走后，煞是寂寞。恰在这时跑来一条狗，那狗在她面前摇头摆尾，一会儿闻闻她的裤角，一会儿舔舔她的脚面，使她心里甜滋滋，痒乎乎的。母亲心里极欢喜，后来，就买下了这条狗。

有一条狗陪伴，日子过得很舒心。于是，她就买回许多肉和排骨，让狗吃。得到主人恩宠的狗，更是处处讨她欢喜。慢慢地，母亲对狗的感情超过了儿子。

不受人责怪的日子，是令人愉快的。

有时，她看到邻居背后指指戳戳的，心里就说：狗拿耗子，多管闲事。

有一条忠于她的狗，就什么都有了。

儿子虽然离开了家，却时时对母亲不放心。他常常偷偷地躲在一个地方，看看母亲迈着蹒跚的步子领着一条狗向太阳落山的地方走去，心里就非常难受。

好固执的母亲呀！这样下去，终有一天，她会提前走到太阳下面的。

儿子眼里便涌出一串热泪……

根

　　旮旯村人做梦也不会想到，他们这个藏在大山皱褶里的小山村，三十年前爆出新闻，三十年后迎来骄傲，之后又让人产生一种莫名其妙的既羡慕又茫然，既迷惑又憧憬的感觉。

　　中心就出在两个人身上，阿土和阿金。

　　三十年前，他们都是十来岁的孩子，一同在公社上高小。那时中心学校搞作文比赛，阿土和阿金并列第一名，他们的作文还登在了地区报纸上。旮旯村沸腾了，人们竖起大拇指说，文曲星下凡，将来村里不定出什么大人物哩！

　　那篇作文的题目叫《根》。阿土写的是万物生长离不开根，以玉米为例，当玉米长到一尺高之后，就生出了许多浮根，这些根再扎到地下，就像一只只小手紧抱大地母亲，不仅使苗儿不倒伏，而且帮助主根吸收营养，使苗儿长得更粗壮了。喻示人也只有生出茂盛的根，扎进民心的沃土，才能结出丰硕的果实。老师的批语是：举例恰当，内容充实，寓意深刻，是一篇难得的好文章。阿金的作文另辟蹊径，他以房檐下的冰锥根子在上说开去，喻示人的生存之根应多样化。老师的批评是：构思新奇，令人沉思，但是，做人之根还是应扎在下边的好！

　　那时，他们俩成了全村乃至全公社的名人。他们一块儿上学，一块儿玩耍，放学后一块儿打猪草。尽管阿金每次都没有阿土打得多，但他却看不起阿土，说阿土太土，像个鸡儿，只会在土里刨食。

　　紧接着就到了那个令人心悸的年代。阿土因外祖父是富农成分，成了黑五类，打进了另册。阿金因祖宗三代赤贫，成了红五类，戴着红袖章，进入了打砸抢

29

行列。

再后来，阿金托在城里当干部的舅舅的福，就招工进了工厂。阿土就真成了一个只会刨土找食的山鸡。

光阴荏苒，当阿土和阿金再次搅动人们的生活，已是沧桑巨变的三十年后。阿土在土里刨出金娃娃，他承包的百亩改良苹果园连年丰收，一举成了地区闻名的果树种植专业户，省报都登了他的大照片，每天，天南地北登门取经的人络绎不断。阿金更邪乎，不知什么时候官运亨通，成了地区 S 局局长，他批个二指宽的纸条，就能拉回成车的平价化肥，上百方的低价木材。

不久，旮旯村就矗立了有史以来的两座小洋楼。一座是阿土的二层小楼，一座是阿金的三层大楼。阿土和阿金比，尽管低一个档次，但在村民的心目中，已是梦寐的天堂了。

阿土有时望着自己的楼和阿金的楼，就觉得阿金比自己实力大得多，自己盖这座小楼就拿出了一半力量，另一半力量还要扩大再生产。现在的阿金，他真有点估不透。阿土甚至想同他赛一赛，后一想不行，阿金是局长，堂堂吃皇粮的国家干部。自己算什么，一个普普通通的山民，给你戴顶帽子就算高看了。

阿土住在自己的小楼里很踏实，他觉得自己选的这块地基比阿金的好，地基底下是青石，青石下面是岩石，这块地他是十分熟悉的。而阿金那块地基好像是风化了的石头。

阿金一家人住在城里，偶尔回来，便是车水马龙。晚上，楼里的灯全亮了，像旮旯村亮起了一座灯塔。全村人都向它行注目礼。

岁月也真会捉弄人，当旮旯村两颗星在人们心目中贼亮贼亮的时候，突然一颗就陨落了。有一天，从城里开来了一辆警车，从车上跳下几个穿警服的人，三下五除二就把阿金的楼全贴上了封条。后来传说，阿金出事了，说他利用职权贪污公款百万元，已被掼下了乌纱，逮进了局子。

从此，旮旯树就只有阿土这座小楼亮灯了。村民们就只向这座小楼行注目礼了。

阿土就想起小时候那次的作文《根》。多年来，他认为阿金比自己聪明，现在一想，屋檐下的冰锥，天一热就融化了，融化了的冰锥就会从屋檐下跌到地上的！

老人与猫

原计划到 D 市打尖的，没想到离市还有二十里，车子抛了锚，又赶上深夜，只好就地住一宿，等天亮以后再想办法了。附近没旅店，我只好敲开了村头一个老乡的门。

开门的是一位老大爷，怀里抱一只花猫，别有一番情趣。当我说明来意，他十二分热情，说欢迎到他这儿借宿，出门在外不定遇什么麻烦事呢，人与人应该互相帮助，都是来自五湖四海嘛！从他的谈吐看，并不像一个普通农民，我便问起他的身世。他笑了笑，说原在 D 市 S 局当局长，五年前离休回到了老家。儿女们仍在市里工作。叶落归根，回到乡下图个清静。说着，不知怎么碰了一下怀里的猫儿，猫儿就"咪呜咪呜"叫了起来。老人就喃喃地说："对不起，好阿娇，有客人呢！"猫儿果然就不叫了，然后瞅瞅他，又瞅瞅我。

我说，您的猫儿真好看，也真乖！

老人就高兴地眯起了眼睛，告诉我，他原有四只猫儿，是一个幸福的猫家庭，可惜现在只有阿娇一个人了。它有一个母亲，叫阿咪尔，一个哥哥，叫阿龙，一个姐姐，叫阿凤。三年前，就在他老伴去世时，一家人忙着办丧事，阿咪尔无人照管，到村外觅食时，被一个调皮顽童用小口径枪打死了。

老人说着，眼里噙满了泪水，说他老伴也喜欢阿咪尔，它是陪老伴一起"走"的。只是阿咪尔死得好惨，那小子枪法真准，把它的两只眼球都打了出来。阿咪尔死后，三个可怜的孩子失去了母亲，他就每天晚上抱着它们睡觉，白天到水坑里给它们捉小鱼吃。

老人的姐姐也喜欢猫儿，就要走了阿娇，他就养阿龙阿凤两个宝贝儿。有一次，他去城里看望外孙子，猫儿托邻居照顾。他在城里住了两天，回来就发生了悲剧，阿龙阿凤变成了两具尸体，是吃了吃过老鼠药的死耗子中了毒。老人伤心地啼哭了好些天。没有猫儿怎么过日子？他就又从姐姐家要回了阿娇。阿娇成了他唯一的心肝宝贝儿。

说到此，老人亲了一下阿娇，阿娇就撒娇地叫了几声，直叫得老人面庞笑成一朵银丝菊花儿，他就将脸久久贴在猫儿身上。

说着话儿，已敲响了子夜钟声，老人将我领进另一间屋子，安排住下，他就抱着猫儿回他的房间里去了。

这一夜，我一直在做梦，而且每个梦都与猫儿有关。天将亮时，我被床下一阵呼呼啦啦的响声惊醒，点燃灯，原来是老鼠在啃咬床下几只木盒子。我拿出盒子一看，原来是三个自制的小型骨灰盒，每个骨灰盒上都镶着一张猫儿的照片，照片下写着它们的名字：阿咪尔、阿龙、阿凤。

我的心震颤了一下，再没了睡意。

天亮后，我要告辞时，老人还在睡梦中，阿娇仍抱在他的怀里。我不忍打搅他，放在桌子上二十元房费，然后留一张字条，算作告别。

离开老人家，我心里仍说不出是什么滋味儿。

火　葬

"村民同志们，为了把我村早日建成小康村，移风易俗打倒旧习惯，今接到上级通知，从十月一日起，凡是过世的老人，一律实行火葬……"

快收玉米的时候，各家湾村长在喇叭里广播了这一消息。这消息对村里老年人来说，无疑像当年美国给科索沃投掷飞毛腿导弹，给了他们致命的打击。几个古稀老人再在村头老槐树下相聚，说的就都是与火葬有关的话：

"好端端的一个人，硬是烧成灰，这叫什么事儿！"

"听说火葬人可难受呢！那死尸在火葬炉里被烧得抽筋，坐起来躺下，躺下坐起来……"

"我们山里有的是土地，哪个山旮旯里不能埋死人？为什么偏要把人烧了！"

……

老哥们在议论这事时，就边说边看族长各焕朝的脸。老族长无论从年龄和辈分都是最有资格的人。他是清末村里最后一个秀才，如今已经90挂零了。刚解放那阵还当过小学教师。如今的村长又是他的三儿子，今后这事如何办，他是个榜样呢！

当人们用征询的目光看他时，他就眯缝着眼睛不言声，他在静听着大家言谈。听罢，就两眼怔怔的一言不发。然后，就拖着蹒跚的步子往家里走，走得比任何时候都慢，好似小腿里灌了铅。

第二天，老槐树下唯独不见老族长的身影！

第三天，老槐树下还是没有他，等得几个老哥们好心焦。

33

……

十天后，村长在喇叭里宣布了一个令人吃惊的消息，他父亲去世了。

于是，几个老哥们就集体买了烧纸来为老族长送葬。在老族长的灵前，他们哭得好伤心："你一拍屁股走了，就不管我们啦！"

村长边哭边拍得棺材叭叭响："一个火葬，为什么就想不通，提前走呢？！"

老族长的葬礼搞得很隆重，棺材是被称为"四独"（四块尺余厚的木板）柏木寿材合成。灵棚搭得有史以来最漂亮。埋葬那天，大班响器吹了一天一夜。这在吝家湾来说，空前绝后。

这是吝家湾建国以来最后一个土葬的人。

几个老哥们再在老槐树下相聚，就一边叹息一边"咬"耳朵："老族长死得惨呢，没见他的脸是酱紫色。说是死前把一瓶乐果（农药）都喝进了肚里！"

"喝的好，起码不受火葬之苦呀！"

……

他们品评着。有的也想效仿老族长，可是……

此日，便是十月一日了！

杨花似雪

春天的阳光，洒在古城街旁白杨树上的时候，刚刚长出的小杨叶，就像婴儿的小手在拍巴掌，欢迎春姑娘的到来。春风轻轻一吹，遮天盖日的杨毛毛就笼罩了整个城市。一位林业专家说，这不叫杨毛毛，叫杨花。

就在杨花飞舞的时候，有一个蓬头垢面的老女人，在挨家挨户乞讨着，似流动在这个城市琴弦上一个不和谐的音符。

当她叩响我的邻居刘老师家门时，刘老师正在屋里熬中药，药味呛得他不住地咳嗽。自从退休后，他就感到心脏有些不适，医生说是冠心病，一定多加小心！

"好心人帮个忙，接济接济吧！"老女人在门外喊。

刘老师打开门，一惊，是多年不见的前妻。"你……"

老女人也一惊："对不起，我真不知道这是你的家！"扭头就走。

"你等等！"随后，刘老师撵下楼，打架似的硬将一张钞票塞到她手里。

"孩子出事了，住进了医院，要不……"

"孩子出了什么事？住在哪个医院？"

"出了车祸，住在……"

"我一定去看孩子，我的儿啊！"

老女人摇着手，紧忙走了。

这天晚上，我就听到了刘老师家里吵骂声和摔东西的声音响成一片。

"那一百块钱哪儿去了？多少年了，你还记着她！"

"是孩子出事啦……"

第二天早晨，我还在睡梦中，一阵急促的敲门声过后，刘老师妻子闯进我的家。因我曾是刘老师的学生，该叫她一声师母呢！忙问她："有什么急事？"

刘师母慌乱地说："老刘怕是不行啦！"

我急忙披上衣服打120电话，然后，同师母快速把刘老师送到市急救中心医院。

医生草草检查了一下，说："安排后事吧，人早死啦！"

刘老师的病历上写着：心肌梗死。

刘老师遗体火化的时候，杨花仍在飞舞，铺天盖地的似雪片，然后卷成一个个"雪团"，打在刘老师的花圈上。

我心里好难过！

米大爷的悲剧

　　米大爷73岁，没病没灾，却一根麻绳硬是结束了他的历史，也硬是在人们心目中垂下一个巨大的惊叹号。

　　一个月前，一辈子恩恩爱爱的老夫老妻破天荒打架生气，闹到街道办事处，申请离婚。办事处主任感到莫名其妙，本来办事员就能处理的问题，他却亲自过问。他把两位老人请到自己办公室，让到沙发上，泡上龙井茶，请他们叙说缘由。

　　米大爷两手捂着脸，一声不吭。

　　主任说："大爷，有话就说，憋在肚子里不好受。您是我最敬重的老人，您和米大娘你敬我爱几十年，谁不羡慕，谁不说好！都古来稀的年龄了，为啥闹到这种份上呢？"

　　米大爷仍然大气不出，小气不喘。

　　主任就冲他老伴说："米大娘，大爷不说您说，我戴红领巾时就喜欢您二老呢！"

　　米大娘一拍巴掌，说："我说？我看还是叫他说，老不死的，老不要脸，都多大岁数了，还要……量他也没脸说！但今儿个，非要叫他说！"

　　她说完就久久盯着米大爷。

　　米大爷把头低得几乎埋在了桌子下。

　　主任递给米大爷一支烟，他摆摆手。主任亲自把烟点燃，再次送给他，他才接住。

　　主任到底不愧是主任，民事纠纷处理多了，就有了经验。便笑着对两位老人说:"大爷不愿说,大娘也别生气。有话不好说,以后找机会再说。"

米大娘说:"不行。好说也得说,不好说也得说。今天非叫他丢丢人不可,看他的老脸往哪儿搁!"

主任说:"我看也不会有啥原则问题,不说也好。二老难得到我这儿来,今儿来了,就陪我坐坐。"

米大爷手中的烟烫了手指,也没吸一口。

米大娘就忽地站起,说:"他不说,我说。说出来也让您评评理,看是我的错,还是他不是个东西!"

主任说:"大娘别急,坐下慢慢说。"

米大娘就坐下,说:"老了,脸皮不值钱了,说出来也不怕您笑话。都快死的人了,每到星期六晚上看完正大综艺,他就要过周末,我不依他,他就闹,给我脸子看,说再不让他就离婚。我们闹了一年了,才闹到今天这个地步。他要离,我就成全了他。"

万没想到,是为这事闹离婚。主任不知该说点什么,去劝说谁,就一口接一口地抽烟。

这时,米大爷突然自己扇起了自己嘴巴子,一边扇一边骂:"我不要脸,我不是人,我是畜生!"

从此,人们再没见到米大爷。

半月后,他就上吊了。

对于他的死,人们众说纷纭,米大娘却一滴眼泪也没掉。

有人来安慰她,她反而说:"这事我想得通,谁让他老不正弦哩!"

来人就说:"七十三,八十四,阎王不叫自己去,七十三正是个坎儿哩!"

米大娘就点头:"是的,是的,这是命。"

灰蝴蝶

山妞出生时，她娘听到了喜鹊叫。娘心里说："俺妞将来命不孬。"她爹却听到了乌鸦叫。爹叹息："一个山妞儿，日后不定遇啥大难哩！"

山妞大号叫梁鹰，那意思是说她长大好像鹰一样飞出山窝窝，给世世代代居住在深山里的祖辈们脸上写一笔光荣史。

山妞从小爱读书。那是娘一再教导的结果："妞儿，要爬出山旮旯，不当受苦人，就得好生念书。听说，能当大学生，就能农转非，吃商品粮，找城里拿工资的女婿。"

山妞懂得娘的心愿，上学十二分用功。因她的功课好，从小学到中学，一直当班长，胳膊上戴三道杠儿。

她常常心里甜甜的，像喝了蜜。

她憧憬着未来，憧憬着希望。

一日，她看到一幅外国幽默画，叫《书为桥》，画的是从农村到城市中间有条河，河上的小桥是用书搭成的。一个农村娃踏着书桥，从农村走到了城市。

山妞笑了。

从此，她学习更加努力。

中学毕业考试全校第一名。

希望就在眼前，高考时，她是心里唱着歌儿走进考场的。为了讨吉利，娘特意给她煮了一百个鸡蛋，煮热后又用红颜色染了。娘希望她红红火火考满分。

报考志愿的栏目里，她不假思索地填上了北大，清华。她要上全国第一流的大学。

考完试，她感觉良好。她有把握考上。

然而，别的不如她的同学收到了录取通知书，她却毫无消息。她坐不住了，到城里教委打问。人家冷冰冰扔出一句话："耐心等待吧！"

她躺在山屋里睡不着觉，也吃不进饭了。一个星期，人就瘦了一圈。娘劝她："好妞，别急，再等几天吧！"爹一个劲抽烟，出粗气："现时啥都兴走门子，俺妞不会让有门子的人给顶了吧！"

山妞眼里泪珠立时像小溪一样流了出来。

又过了一个星期，仍无消息。

山妞绝望了。

第二天她拿条绳子，说是上山打柴。一条绳儿系在脖子上，在回头崖上垂下一个巨大的惊叹号。

山崖上败了一朵山丹丹花！

办完山妞丧事第二天，邮差进山了，摇着铃铛震天地喊："有梁鹰的信！"娘接过来，是北大录取通知书。娘立时傻了！

爹扶着娘拿着通知书来到山妞坟上。娘一句："好命苦的妞呀！"就昏死过去了。爹将通知书当纸钱焚了。

一只灰蝴蝶在山妞坟上久久飞舞！

暖水袋·痒痒挠·灯光

当老宝子卖过四群羊，存款折上的款向五位数迈进的时候，他感到心里有一种莫名其妙的骚动。

晚上看罢电视，躺在儿子给盘的热火炕上，睡不着觉。老伴儿在三十年前就去世了，三十年来，他拉扯着大的，拽着小的，既当爹又当娘，骨骨碌碌打仗似的总算过来了。现在突然感到被窝里空落落的。

他便一个劲地瞅后窗户。后院的灯光贼亮贼亮的，正射在他的窗上。那是王寡妇在屋里干活的灯光。他瞅一阵想一阵，就想把心里的小九九告诉儿子。再一想，不妥。万一儿子不同意，让自己多脸长。不如先向儿子探探底。

第二天他就对儿子春生说："我晚上老觉着冷哩！"

春生说："火炕不热？"

他说："热。可我觉着心里冷。心一冷，就老是暖不热被窝。"

"要不我给您买个暖水袋。"

老宝子不吭声。

果然，过一天，儿子拿回个暖水袋晚上倒上开水送给老宝子，并问他暖不暖！

老宝子将暖水袋放进被窝，苦笑一声："暖是暖，就是暖热了后心，暖不热前心。"春生说："要不，就再买一个。"老宝子瞅着儿子无话可说。隔一日，春生真的又买回一个，弄得老宝子哭笑不得。有两只暖水袋伺候，还能说什么呢？

当儿子再问他时，他又说："暖是暖了，只是夜里老觉得脊梁上痒得慌，自己挠又够不着。要是有个人挠痒，该多好呀！"

春生马上说："那我给您买个痒痒笆吧！"

说到做到，次日，一个崭新的痒痒笆就送到老宝子手上。

老宝子长叹一声："唉！要不报上说理解万岁哩，连亲儿子都不理解你哩，连亲儿子都不理解你哩！"

从此，老宝子再不给儿子说什么啦！

"爹，夜里还冷吗？"儿子问。

"不冷啦，暖得很。"老宝子答。

"脊梁上还痒吗？"

"不痒了，痒了有痒痒笆呢！"

忽一日，春生来找爹商量一件大事情，说有人给孙子小山说亲，想听听他的意见。老宝子说："有啥意见哩，说就说吧！"春生一定要听他的意见，老宝子便火了："真让我说意见，我就直说，一个毛腔孩子，说什么亲呢？夜里冷了，你就给他买个暖水袋，脊梁上痒了，也给他买个痒痒笆嘛……"

春生听着爹的话，怔怔的，傻了似的。

每天晚上，老宝子躺在床上仍然瞅后窗上的灯光。那王寡妇也许在灯光下纳鞋底吧！老宝子想。

朝霞晚霞一样红

那时候，他们俩都是山旮旯里的放羊娃，他外号叫羊球，他外号叫羊蛋。大概羊球羊蛋总连在一起吧，所以，他们俩就像火柴棒离不开火柴盒一样形影不离。

羊球放的一群羊，头羊长了一双黑眼圈，叫大黑；羊蛋放的一群羊，头羊长了一对怪犄角，叫二怪。大概大黑二怪也知道它们的主人关系好，它们也很亲密。两只头羊互相关心着两群羊，就很少出差错。

羊球就常常听着咩咩的羊叫声，骄傲地唱山歌：

朝霞映红天呀。

羊儿爬满坡，

羊蛋弟你东山甩响鞭儿，

哥哥我西山就听回声儿哟！

羊蛋就又用劲甩了个响鞭，也跟着唱：

羊球哥你心儿美哟，

羊球哥你歌儿脆哟，

你的歌儿像美酒，

唱得我心儿醉哟！

歌声、鞭声、羊叫声汇成一支独特的山洼交响曲。

有一次，羊球羊群里一只母羊发情，他提出让羊蛋的头羊交配，说一定会生出漂亮的后一代。就交配了，后来果然生出五只漂亮的羔羊。羊蛋的母羊发情了，也叫羊球的头羊打羔，也就生出一伙健壮的小大黑。

有一年，村里过队伍，羊球随队伍走了。羊蛋也想走，爹娘硬是不依，放羊娃就只剩下了他自己。

羊球一走就是二十年没音信。待他有了音信，已成了古城市S局局长。

二十年，羊蛋早被山风吹打成一个老头了，苍老得像鹰嘴崖上的一块丑石。牧羊鞭也传给了下一辈。

羊球坐着"两头平"轿车回村，羊蛋绕着车转了两圈儿，羊球都不认他。羊蛋就心里想，人家是官，官儿怎能与老百姓一样呢？他就知趣地走开，在心里忘了羊球。

又过了二十年，羊球早升成古城市市长，并从市长位子上退了下来，成了离休老干部，仍享受地市级待遇。

羊蛋也来到古城市享清福，因他二儿子大学毕业转到古城市成了吃皇粮的，并且还当上了一家工厂的工程师。他成了工程师的老爷子。

羊球买了鸟笼子，养了八哥鸟，清晨到小河边散心。羊蛋也买了鸟笼子，养了八哥鸟，到小河边遛弯儿。

"您不是羊蛋弟吗？"羊球一眼就盯上了羊蛋。

"您不是羊……羊……羊……市长？"羊蛋有些口吃。

"什么市长，我是您的羊球哥哟！"

两双老手又握在了一起。

叙不完的知心话儿，讲不完的老故事。

老哥俩变成了一对老小孩，日子过得像小时候一样甜蜜！

血玉簪

柳爷、陈爷、贾爷都是村上古稀之年的老人了，天气好的时候，就爱坐在一起，边晒太阳边嚼那些被岁月淹没的老掉牙的故事。嚼到高兴处，就一起放肆地笑，嚼到辛酸处，就一同抹眼泪儿。

我写小说找题材，就找三个爷拉呱儿，听着他们讲故事，说要把他们的故事写成文章。

柳爷说："我们的故事不是陈谷子烂芝麻，就是萝卜缨子白菜帮子的，还能写成文章？"

我说："能。故事好的话，写出来说不定还能拿奖呢！"

陈爷说："城里人听新故事洋故事听烦了，吃山珍海味吃腻了，就想吃咱山里的萝卜缨子白菜帮子啦！"

此时，贾爷就眯着两只昏花的眼睛瞅我。

柳爷说："听故事要听真的，还是要听假的？"

我说："当然要听真的哇。"

陈爷说："城里人被假货弄怕了，听个故事也要真格的。"

我说："正是，正是。"

柳爷说："那我讲讲贾奶奶的故事吧！"

贾爷的眼睛就亮了起来。

柳爷就点燃一锅子旱烟，边抽边说："那是四十年前的春上吧，一顶花轿抬进咱们这个小山村，从轿里走出个俊得像凤凰似的花媳妇，那就是你贾奶奶。她一进咱村，年轻小伙子个个都像吃嘴孩子见了冰糖葫芦，馋得流口水，都羡慕你贾爷爷哪辈子修的福，娶了个天仙般的美人儿。新房闹够了三天，小伙子们仍像走马灯似的你来我往，不愿离去。你贾奶奶就不给大家好脸色看了。你给也好，不给也好，小伙子们才不理她的茬儿，照闹不误。按老规矩，三天过后，新媳妇就不新了，就该下灶了。可小伙子们仍像众星捧月似的，不离开，她走到哪里就跟到哪里，像一个个跟屁虫。后来就发生了那段真实的故事。"

讲到此，柳爷停下来，看了看我，说："下面的故事，你陈爷在场，就让他讲吧！"

陈爷捋了一把山羊胡，说："那天，我是在场，一转眼四十多年了，仍像昨天发生的事情一样，清清楚楚的。那是她娶过来的第四天，开始下地干活。她到灶房里烧火做饭，锅快烧开时，你老奶奶接过拨火棍，说：你去淘米吧！她就拿着木瓢到米缸里挖米。米缸就在新房里，她弯下腰将头伸进米缸时，我们还给她开玩笑呢。一个小伙念着自编的词儿：新媳妇儿，玉身子儿，过了三天猪身子儿；任人打，任人骑，活脱脱变成一头驴。大家听着就都笑了。就在大家哄笑时，兴许她有些紧张，或者缸深米少，她腰弯得厉害，突然就憋出一个响屁来。开始大家一愣，接着轰然大笑。咱们这儿的风俗，新婚妇放屁是犯大忌的，尤其当着众人放屁，会给家里带来灾气的。大家笑了一阵，闹了一阵，一袋烟工夫过去了，新媳妇还在缸沿上趴着。两袋烟工夫过去了，新媳妇还没有起来。这时，大家都瞪大眼睛不出声了。有人动手去拽她，一拽不动，两拽还不动，待大家一起把她从缸里拽出来，她已变成了死媳妇。脖子上沾满了血迹，头上的玉簪已深深刺进她的喉管里。人们慌忙叫来你贾爷，他抱起她的尸体，一下子跌坐在了地上……"

此时，贾爷早沉浸于昨天的故事里，泪水溢了一脸。他颤抖的手从怀里掏出一个多年揣着的红绸包，从包里取出一根玉簪让我看，簪上的血迹已变成紫黑色，大概因时间太久了吧。

这沉重的故事像一朵乌云，一下子笼罩了我们每一个人的心，使人久久透不过气来。

木 鸡

老同学穆跻，外号"木鸡"。上中学时，就整天傻乎乎的，似不通人情事理。然而，一到年终考试，他准拿第一。若不是文革耽误，他不是"北大"准是"清华"生。

走向社会一晃就是几十年。新世纪之初，老同学聚会，方知穆跻是四两白面放了半斤发酵粉——大发了，仅固定资产价值就数千万元。目前，正在筹建一个大型跨国公司。

聚会是在一个有名的天上人间大酒店。当官的同学坐着"红旗"来了；当大款的同学坐着"奔驰"来了；在军界的同学也坐着高级军车来了；多数同学是骑自行车或打的来的。人们猜测，穆跻不坐"林肯"，也得坐"凯迪拉克"。可是，一等二等却不见他的车影。

当年的学生领袖，今日 H 公司总务处长赵国杰向大家一一介绍有头有脸的同学时，方在一个旮旯里找到了穆跻。他是骑一辆旧自行车悄悄进来的。

看到他，老同学的目光，便像开了电门的聚光灯，一下子全亮了，束束光射向他。他是主角，这台戏由他来主演。学生领袖赵国杰把大家招来，主要是让穆跻介绍致富经验，然后带领老同学们迈向新时代。

几十年风雨，穆跻似乎无多大变化。脸还是那张傻乎乎的脸，眼睛还是那双似永远也睡不醒的小眼睛。除了肚子微腆，眉宇间爬出几条皱纹，活脱脱一个当年的小"木鸡"。

向前（钱）看的年代，人人都想发财。此时，已有人坐不住了，迫不及待希

47

望穆跻送给每人一把发财的金钥匙。

穆跻看看这个，望望那个，不住地摇头。许久，方道："要说发财，我应十二分感谢老同学。当年，大家送我一个木鸡的外号，不想这外号就是一把金钥匙呢！"

他的话，把大家说得迷三倒四。有人不耐烦了，吼道："别卖关子了，说点正题吧！"

穆跻不慌不忙，掏出一包香烟，一边向大家散发，一边道："这不是卖关子，这是实话。我想，当你真正理解了'木鸡'这个词的意义，你一准也是我今天这个样子了，或者比我更强。"

接着，穆跻向大家讲述了一个关于"木鸡"的故事：

古时候，有个皇帝酷爱斗鸡，可是却屡屡斗败，弄得他饭吃不香，觉睡不好，甚至连朝政也不关心了。这时，有个大臣向他推荐了一个训鸡高手，说经他训出的鸡百战百胜。于是，皇帝就重金把训鸡人聘了来。

训鸡人只挑了只一般的公鸡，就开始训教。

一个月后，皇帝问他："训得如何了？"训鸡人答："不行。鸡一上场，慌慌张张的，绝对不行！"

两个月后，皇帝又问他："训得怎样了？"训鸡人答："还是不行，鸡一上场，虽不太慌张了，但左顾右盼，不沉稳。"

三个月后，皇帝又问他："现在怎样了？"训鸡人答："差不多了，已训得呆若木鸡，可以战斗了。"

于是，皇帝招来邻国斗鸡者，准备战斗。

皇帝把他的鸡放入斗鸡场，只见他的鸡站在邻国的鸡前，两腿如松，两目微睁，两翅虽抿，却露雄风。前来争斗的鸡，一望便浑身发抖，左顾右盼，慌慌张张。两鸡相斗，三下五除二，皇帝的鸡便获大胜。

穆跻的故事讲完了，多数人陷入了沉思。却有人不解，小声咕哝"啥球意思！"

穆跻高声说："我真希望把这个成语故事送给每个人。时代在前进，一切竞争都很残酷哦！"

伯乐的忏悔

尊敬的上帝：

当我走完人生之路，向您报到的时候，回首往事，不寒而栗。与其说这一生走了些错路，办了些错事，不如说多半在走错路，而且犯了许多罪过，还是不可饶恕的。

自从您把我降生到人世，并交给我相马的任务后，我一生的命运便同马连在了一起。年轻时，初生牛犊不怕虎，见马便相，因相马知识贫乏，又没有多少实践经验，虽然也能相出好马，但更多的是把许多好马漏掉了，甚至把不是千里马的马相成了千里马，造成了不少遗憾。比如，为一位奔赴疆场的将军误将一匹长相漂亮而内心懦弱的笨马当成了千里马，结果贻误了战机，在一场激战中，因马惧怕敌方，酣战时逃跑，使敌人乘机用钩镰枪把将军拉下马来，造成整个战役失败。

由于将千里马漏掉，使许多千里马受到了打击，认为伯乐没相中它们，像一个优秀的学子没考上秀才，从此一蹶不振，破罐子破摔，一生无所作为。甚至有的马整日愁眉苦脸，不思进取，一路滑下来，落入宰锅，成了人们餐桌上的一盆马肉。由于把不是千里马的马相成了千里马，使这些马空有其名，忘乎所以，占着茅坑不拉屎，影响了国计民生。

中年时，比较成熟，的确相出了不少好马，犯错误也少些。但因待相的马太多，而相马的只有我一人，尽管成天累得要死，仍相看不过来。有的千里马等了十天半月，仍没机会见上我一面，一气之下走开，希望变成失望，成了一匹拉车的普通马，失去了为国担当重任的机会。

随着日月流失，年龄的增长，我对相马有了职业性的疲劳症，一见马就烦。马的主人给我个笑脸，或者给我送个小礼品什么的，我就认真相看，对没礼没貌的马主人，我就不搭理他们了。后来，随着社会上的不正之风泛滥，给我送礼的人排成了长队。再后来，礼品变成了红包，且一个比一个大，一个包里三、五两银子不等，三十、五十两银子亦属平常，三百、五百两银子也不稀罕。记得有一年，国王要开拓新的疆土，令我一个月相出十万匹千里马，真是个发大财的机会呀！各养马户几乎把我的家门挤破了，白花花的银子像流水淌了进来。我一个人忙不过来，干脆让十个没出徒的徒弟一同上场。徒弟们见了银子，便像苍蝇见了血，只要有红包，就相看的马虎。十万匹"千里马"很快相看了出来。说良心话，真正的千里马不足两成。一般的马相进来还好说，不少瘸马、骡子、大个儿驴也混进了千里马的队伍。结果，使国王的理想变成了梦想。若不是我脑子聪明，及时将得来的红包一多半银子塞给主抓这项工作的胡宰相，怕是早丢了脑袋。

由于我的晚年糊涂，根本辨不出哪匹是千里马了，使千里马们失去了信心。有的马根本不理我的茬儿，自己闯天下去了；有的马跑到国外，寻找洋伯乐去了。您别说，它们还真跑对了。闯天下的闯出了名堂，干成了一番大事业。跑外国的也跑出了好命运，外国不兴伯乐相马，他们兴赛马。赛马场上让大家都看着，只要你是匹好马，能跑在前面，大家一同竖起大拇指，喊一声 OK！得，你这匹马就算考上状元啦！之后，好草好料喂养，成了栋梁之材。

上帝呀，在我向您报到的时候，真心向您提个建议，希望尽快废除伯乐相马的制度，学学外国相马的办法。一双眼绝对抵不上千万双眼，群众是真正的英雄，群众的眼睛是雪亮的，是不是千里马，群众一看便知。为了真正做到这一点，我借用"文革"中的一句口号："打倒伯乐！再踏上亿万只脚，叫他永世不得翻身！"为使这一天早日到来，我提议："向我开炮！"

伥的心语

我是伥，就是那个"为虎作伥"的"伥"。

生前我并不坏，只是命运不佳。从小，被生身父母卖到深山，养父母在我童年时，也先后告别了人世。从此，我成了孤儿，十岁开始上山打柴，以卖柴为生。二十岁时，一天在山上遇到这只老虎，从此走到了生命的尽头。

当老虎吃着我的肉，喝着我的血，连我的骨头也大嚼时，我痛苦极了！我想，等我来世再为人时，一定打死这只恶虎，为自己报仇。

不想，老虎实在可恶：吃了我的肉，还逼迫我的灵魂帮它掳掠其他人。

一想到要做汉奸、走狗，我断然拒绝！老虎看我不从，就用钢鞭一样的尾巴狠狠抽打我。真疼啊！要知道，抽打灵魂比抽打肉体痛苦几百倍。

难忍的同时，我答应"让我考虑考虑"。

那一夜，我失眠了：助虎伤人——良心不安；不从——难忍鞭笞的痛苦。

最后，我想了个缓兵之计：先答应它，再找机会逃跑。

去掳谁呢？我想到了张三。

那家伙，排行老三，上有两个哥哥，从小娇生惯养，仗着哥哥们护着，想欺负谁就欺负谁。一次，我背着柴从他家门前过，他硬要我把柴背进他家。我不从，他的哥哥打了我一顿，抢走了柴……对，就让老虎吃了他的哥哥，看他还横不？

当张三的哥哥先后被老虎吃掉，看着他可怜兮兮的样子，我心花怒放。

再掳谁呢？我想到了李四。

李四有个漂亮的媳妇，叫俊妞，是个美人。说实话，我第一次见到她，就喜欢上了，并暗下决心，多打柴，多赚钱，等盖了新房，筹了彩礼就去她家提亲。不想，八字还没一撇，就被老虎吃了。本属于我媳妇却归了李四……于是，我叫老虎吃了李四的媳妇。

李四痛失爱妻，痛哭流涕，我看着，别提心里多舒服啦。

还吃谁呢？我想到王五。

王五是我的小伙伴，他父母健在，从小过着衣来伸手饭来张口的舒坦生活——应该让他尝尝没有父母的滋味。

于是，当王五也像我小时候一样，成了个可怜孩子时，我心里忽然就平衡啦。

还能掳谁呢？这次，老虎提了个要求，要吃嫩的。它说老头、老婆、媳妇、小伙子肉都不好吃，嫩肉才有营养。

我想到赵六。

赵六刚添了一对双胞胎孙子。两个小家伙嫩得能掐出水来。我想，凭啥他就那么幸福？又一想，我小时候他接济过我呀，我不能恩将仇报吧？

正犹豫不决，老虎质问我，想好人选没有？并说，过了这次，就放我走。于是，我心一狠，带老虎吃了赵六的两个宝贝孙子……

老虎果没食言，它肯放我走了。我回到生活过的山村，想看一看我的乡亲。忽然，听到刘七正在骂我。

靠！这刘七是个教书先生，仗着肚里有点墨水，骂人都不带脏字。他骂我"为虎作伥"。

我心里那个气呀，转身找到老虎，让老虎把刘七给吃了。

刘七的死让我有种快意恩仇的感觉。忽然，我挺留恋和老虎在一起的日子。

后来，我继续担当着老虎的帮凶。不知为什么，再听到有人骂我"为虎作伥"时，我竟有几分窃喜……

孝 衣

在我的文件柜里，保存着一件洁白无瑕的孝衣。那是 15 年前，父亲去世时，我回家奔丧，娘亲手为我缝制的。娘流着泪，一边缝制一边说："儿呀，这件孝衣埋你爹穿过后，一定要留着，赶娘死时，还要穿哩！娘一天比一天老了，等闭了眼，总不能再为你做一件吧！"

所以，烧过父亲的尽七纸，在坟前拆孝衣时，我就没拆，留了下来，弄得妻子一脸的不高兴，说我败兴，带回件孝衣，急着为你娘穿呀！

我没理妻子，把孝衣悄悄带到机关，第二天又洗了一遍，叠好放进了文件柜里。父亲在村里当了 20 年支书，他一生廉洁奉公，没半点私心。1960 年，他管着全村的仓库，家里却断炊，锅里没有半粒米。那年我 10 岁，正是长个儿的时候没吃的，所以在我们弟兄中，我的个子最小。看到孝衣，就想到父亲。

日月穿梭，人生如梦，一转眼娘的生命就到了尽头。埋娘的时候，我从文件柜里拿出孝衣，再次赶回老家，为娘披麻戴孝。在娘的灵柩前，我泪如泉涌，泪水打湿了娘亲手为我缝制的孝衣。一村人都夸我是个大孝子，当了官也没忘了娘。

娘的尽七又到了。烧完尽七纸，又该拆孝衣了。妻子说："这次总不会保留了吧！爹娘都不在了，还要再为谁穿？！"

当她真要为我拆时，我还是制止了。我说："要留着，这是娘亲手为我做的，留个遗念。"在我的再三坚持下，妻子不乐意也没办法。

埋完娘，我再次把孝衣拿回机关，洗净，放进文件柜里。

在我们老家有个说法：埋亲人穿孝衣，既代表着埋葬的人一生清白，也预示着穿孝衣的人一生正直。所以，我当了 10 年县长，从不贪污一分公款，也不收人家半点礼物。今年在全市县级干部评选中，被评为一身廉洁、两袖清风的好县长，戴着大红花，还上了电视呢！

开过庆功会，回到县里，我再次拿出这件孝衣凝视半天，心里说，爹娘虽不在了，但父老乡亲永远不能忘呀！

何三为什么杀人

何三杀人了，而且一下杀了两个。

我们几个在市里工作的老同学聚在一起，议论起这件事儿，大家都是一头雾水：他怎么会杀人呢？且不说他长得又瘦又小，外号叫瘦三；也不说他胆小如鼠，走路都怕踩死蚂蚁，单单一听到一个"杀"字，他都吓得浑身发抖。记得上中学时，有一年过端午节，食堂里要杀猪，他听说后，吓得一天都没敢来上课。恰恰这样的人杀了人，真不可思议。

事情是一周前发生的，据说在当地轰动很大。

老同学分开后，我一天都在想这件事，晚上也没睡好觉。这事若说我一点没察觉，也不准确；说出乎意料，倒是真的。一个月前，他给我打电话，说为了房基地，他与邻居发生了争执。邻居多占了他一尺宽地皮，他妻子只说了两句公道话，就被邻居毒打了一顿。他告到县公安局，因人家局里有人，不了了之。他说怎么也咽不下这口气，问我县局有没有熟人，我不假思索，就一口回绝了他，说没熟人。其实，我说的是假话，县局还真有个熟人。可如今并不是有熟人就能办事的，起码得摆个酒场吧。一个酒场没个三百五百怎能行！可何三是个小气疙瘩头，一分钱看得比磨盘大。记得几年前，我下乡蹲点时，他邀我到他家做客，说用家乡特色饭——鸡蛋卤面条招待我。去时，我还带了酒肉，午饭，我们一边喝我带来的酒，一边吃我带来的肉。喝罢酒，等鸡蛋卤面条端上来，只见面条不见鸡蛋。我问他，这就是鸡蛋卤面条？怎么看不到鸡蛋呀？他笑道，上面漂的不是鸡蛋？我几乎趴到了碗上，才看到碗里面上浮着一层小米粒状的东西。我问他，这是如何做的？他说，先打一只鸡蛋在碗里，再加上些水，等锅开了倒进去，就成了这样儿。闹半天，连请我，一家人只吃一个鸡蛋呀。

这样的小气鬼，怎能请人呢！

半月前，他又给我来了一封信，信上说给我打了多次电话都打不通，才写信的。信的内容是问我市公安局是否有认识人，他和邻居因房基地闹纠纷的案子有了结果：邻居打了人，还多占了他的地皮，却判了个人家赢他输。这世上还有没有公理？他要到市里来告状。我再次告诉他，我是个书呆子，不善交际，市局更没认识人。其实，我又说了假话，市局不但有个认识人，而且关系还可以。可现在是白用人的年头吗？没个三千五千的塞，谁给你办事！何况何三是个攥三锥子都不出一滴血的人。记得一年前，何三说要认识认识没见过面的嫂子，要来我家做客。他来时带了一大堆礼物，喜得我妻子合不拢嘴，午饭又是煎又是炸，还拿出我平时舍不得喝的五粮液酒招待他。酒足饭饱，等送走他，我和妻子打开他的礼物一看，却是一兜小茄包和一兜不是小就是烂的苹果。气得我给他打电话说，你来就来吧，还带什么礼物？他在电话中说，真不好意思，带去的礼物让你见笑了。茄子是卖剩的茄子，苹果也是卖剩的苹果。你不知道当农民多不容易呀，辛辛苦苦种的瓜果运到城里，这儿卡那儿剥，变成钱多难吧。

就这样的人，还想打官司？！

可是，万万没想到，他就杀了人。我整夜在床上烙大饼，我在想：他的案子在县里时，我出面请请那个熟人，说不定就不会发生这档子事了。就是他的案子到了市局，我背着妻子从小金库里拿出几千元找认识的人塞一塞，也不会出这个事儿。可我偏偏都没做到。我好后悔，好难过，实在对不起老同学何三呦！

二胡与小提琴

二胡与小提琴会有什么联系呢？您读完这篇小说自然会明白的。

二胡和小提琴是两个人的绰号。二胡是一个中国男孩，因二胡拉得娴熟，故得此号；小提琴是一个美国女孩，因小提琴拉得优美，故得此名。

他们是同学，共同在新加坡国立大学读书。因都爱好音乐，就成了好朋友，遂发展成一对恋人。

他们两个在一起的时候，二胡就给小提琴讲中国文化，讲孔孟之道，讲之乎者也。直讲得美国姑娘如进云雾山中，瞪着一对美丽的蓝眼睛，提出各种各样的问题。而这些问题，中国男孩有的能回答，有的不能回答。不能回答时，他就给她拉二胡，马尾弓子在两根弦中间一来一去，便拉出许多凄婉的曲子。《病中吟》，使美国女孩落泪；《二泉映月》，又使她柔肠似水。

当女孩泪水流干了，肠断了，就给男孩讲美国文化，讲美国的用人之道：你只要有才能，敢创新，就不愁没饭吃。当然她也讲令人难懂的美国人的为人处世之道。当男孩的疑问，女孩没法回答时，她就给他拉小提琴。优美的弓子在弦外跳荡，于是，斯特劳斯圆舞曲那多变、自由的旋律如水般流过男孩的耳畔。他闭上眼睛，享受音乐，如痴如醉。

他们终于走在了一起，是音乐这根琴弦拨动了他们的心弦。于是，他们就一起演奏二胡和小提琴协奏曲，中西乐器和弦，中国男孩与美国女孩的心共鸣，奏出的乐曲，更加优美动听。

二胡的弓子虽跳不出两根琴弦的束缚，但和着小提琴，仍走出自如轻快的旋律；小提琴的弓子虽没有琴弦来管束，但在二胡的引领下，缠绵、委婉，将音乐的美妙发挥到了极致。

中西文化融会贯通成一个美丽的文化艺术家庭。若干年后，他们成立了一个家庭交响乐团，走遍了世界，被人们誉为音乐人家。

不鼓掌的人

东升煤矿一千天没有发生重大事故，开创了建局以来的先河。为了推广他们的经验，局党委书记决定让我这个局党委委员、宣传部长代表局领导，去考察一下，写出调查报告来。

来到矿上时，矿里正在召集有关人员，准备召开总结大会。矿办公室尚主任十二分热情地把我迎进办公室，矿长贾文明又是递烟，又是倒茶，说万事俱备，就等着领导到场，马上开会哩！

我是个急性子，怕让大家久等，烟只抽了半支，茶喝了两口，就拉贾矿长到了会场。贾矿长一踏进会议室大门，就高声对大家说："欢迎局里张部长到我矿指导工作！"会场上立刻掌声一片。我们一起坐上主席台后，贾矿长又将我介绍一番，接着又是掌声。

我一再催他言归正传，他才清了清嗓子，声音提高两度说："我矿千日无重大事故，全仗上级正确领导。这功劳首先归功于局党委。"

"哗……"掌声四起。

掌声刚息，贾矿长拉着长声说："其次嘛，是矿领导执行上级指示不走样，团结一致抓安全。"

"哗……"又是一阵掌声。

掌声又息，贾矿长慢条斯理道："再其次嘛，就是全矿职工认识高，行动快，时刻绷紧安全生产这根弦。"

"哗……"掌声更烈。

就在一阵又一阵掌声如雷般响起的时候，我看到坐在东北角一个中年汉子，紧蹙额头，两眼怪怪地注视着主席台，却不鼓掌。

就在我注意到他的时候，贾矿长讲话顿了一下，两束目光探照灯似的也射向了他。

大会一结束，那汉子便双眼直直盯上我，欲向我走来。此时，贾矿长抢先三步并作两步走向他。我也紧跟其后，却被办公室尚主任一把拉住，说先到办公室坐会儿，矿长随后就到。紧接着就呈现出一幅出乎我预料的场面：

"谁让你来参加会的？"贾矿长质问中年汉子。

"我怎么不能参加会？！我是代表去年三月那次一号坑塌方五位遇难矿工和八位伤残弟兄来的。"他说此话时有些激愤，左手挥了挥，右手似乎也要挥一挥时，却是一个空袖管动了动。

办公室尚主任硬是死拉我，将我拉出会场。

大会之后，开座谈会时，我一再要求见见那个汉子，却无论如何找不到他。向大家打听，回答的不是摇头，就是吞吞吐吐。

离开矿上时，有个矿工趁我身边没有矿上人跟着，悄悄抓住我的手对我说：矿上全是演戏给上边看的。开会时，鼓掌最热烈的多是花钱雇来的附近农民！

一路上，我都在寻思，这调查报告该如何写呢？

情与法

这是一个真实的故事，又是一个令人思索的故事。

当现任 M 县检察院检察长的刘为民陪我到哈尼族边远村寨采访，在路上讲这个故事的时候，一再叮嘱我，这只能讲给你听听，切不可写出来。我说，不写新闻，写小说总可以吧！他说，写小说也不行，因为，这是个违法事件，是埋在他心里多少年，不敢讲，也不能讲的故事。

我一再答应他，请他放心，他才讲了出来。

大约十年前，老刘在公安局当刑侦科科长时，这个村寨发生了一起偷水牛案子。他单枪匹马来到寨子，察看了现场，了解了情况。在群众的帮助下，不到一个月，就破了案。偷牛人是个失去父母，只有一个弟弟的 20 多岁的没文化村民。偷牛的原因，是因为弟弟考上了大学，拿不起学费。他跑了多次乡信用社，贷不来款，找了几家亲友，也借不来钱，才有史以来，第一次偷盗。他把偷来的两头水牛，卖了 1400 元钱，谎说是贷的款，就送弟弟进了大学。

当老刘审问这个村民的时候，他原原本本叙说了事情的经过之后，就扑通一声跪在老刘脚前，说他犯了法，法律制裁是应该的，唯一的要求，就是不要把这件事告诉弟弟，告诉了，弟弟的学就上不成了。过了片刻，又试探着说，能不能给他半年时间，他想到石料场打工，半年里一定还人家两头水牛。

为这件事，老刘多抽了几包烟。他想网开一面，不追究其刑事责任，放这个村民一马。他把案情和这个想法汇报给局长的时候，局长愣了半天，然后，夸他是个好人。最后说，这事儿你看着办吧，就当我不知道。于是，这个局长"不知道"的事儿，老刘就自作主张了。

这个村民果然不食前言，不到半年时间，就为被偷了牛的人家买回了两头水牛。

三年后，村民的弟弟大学毕了业，并安排了工作。在弟弟的帮助下，村民还成了家，娶了个如花似月的妻子。此时，村民才想到，吃水不忘挖井人，没有当年老刘的特殊关怀，哪有他和弟弟的今天！于是，他给老刘送来一面锦旗，上书"秉公执法，为民办案"八个大字。看着这面锦旗，老刘苦笑了半天，就把旗子锁进了柜子里。

讲完这个故事，老刘又一次叮嘱我，这事儿你只是听听而已，千万千万不能写出来。万一憋不住，写出来了，也千万别拿出去发表。

我狡黠地一笑，说万一写出来了，又发表了呢？

他说，那你就不够哥们了。

亲爱的读者朋友，您若看了这个故事，心里知道就是了，千万别对他人说。万一传到老刘的耳朵里，我算个什么人呢？

罪与罚

中年汉子铁柱整夜辗转反侧，浑身像躺在鏊子上受炙烤。没想到，他的一个错误决策，不仅断送了儿子小海的前程，也断送了他的性命。明天就是儿子的行刑日了，这漫长的夜，怎么才能熬到天明呢！

一年前，他因为争摊位，与牛二发生了矛盾，以致大打出手。一向争强好胜的他，却吃了亏，被牛二打了数个嘴巴子，气得他三天吃不下饭，睡不好觉，终于跑到弟弟银锭家诉说苦衷。银锭比铁柱还粗，脾气还大，见他只问一句话："哥，怎么办？你说句话！"铁柱像他平时割肉那样干脆利索，一刀下去："收拾狗日的。"银锭顺手抄起根铁棍，随他来到牛二家。光棍汉牛二正在家吃晚饭，冷不防就挨了一闷棍，倒在了地上。

第二天，当铁柱听说牛二归了西，就慌了神。他和银锭火冲冲去牛二家，是被人撞见的。急中生智，他就要只有 17 岁正上中学的儿子小海顶缸（据说不够18 岁免死罪），就说儿子听说他吃了牛二的亏，气不下，干出了出格的事。并且让儿子写了个"杀人经过"，立即外逃。于是，小海今儿个住姨家，明儿个住姑姑家，最后逃到了远离家乡的边陲小镇。

小海走后，铁柱三天两头被法院传讯。法官苦口婆心对他劝说，并分析案情，说一个只有 17 岁的孩子，怎么能一棍子结束一个人的生命呢？但铁柱铁嘴钢牙一口咬定，是他儿子所为。铁柱儿子外逃，拿不到证据，固然有一千个怀疑，法院同志也是无奈。于是，这个案子便悬了下来。

一年后，铁柱儿子小海因生活所迫，加入了贩毒团伙，并且在团伙与团伙争斗中，亲手杀害了三条人命。被当地警察逮捕后，遣返了回来。

儿子终因犯法，丧失了生命。

小海被枪毙后的第二天，银锭来家看哥哥铁柱。铁柱气得冲弟弟破口大骂："你个杀人凶手，挨千刀的！"

银锭瞪大眼睛，吼道："你儿子才是杀人凶手呢！胡说，看老子再一棍子结果了你。"

"滚开，滚我远一点。"此刻，铁柱不仅眼里在流泪，心里也在滴血呢！

才与德

　　雪驰羽绒制品公司为了扩大生产，急需招聘一名高级服装设计师。广告在《古城晚报》登出后，报名者如彩霞云集，一下子报了一百多人。我从市服装厂下岗后，正愁没饭吃，也急忙报了名。

　　公司决定利用考试录用。他们把大家招到公司会议室，进行初考。考试内容，指定一个题目，要求在规定时间内设计一件作品，然后由专家组评审。考试结束，一下子就刷下了九十多人。谢天谢地，我仍保留在这剩下的十名当中。

　　第二轮考试，定在第二天下午。形式与前天一样，还是指定一个题目，让每人在规定时间内设计一件作品，当天宣布结果。这样，又刷下去八人。兴许老天作美，仅剩的两人中，仍然有我。另一名是一个姓郏的小伙。

　　当天晚上，公司把我们两个留下，进行第三轮考试。考试方法与以前相同，指定一个题目，在规定时间内设计一件作品。当我们两个交卷后，公司专家传阅了一番，并没发表意见，就把两张卷子交给了早已坐在主席上的总经理。

　　总经理冲我们笑笑，说："你们两个水平相当。按说，两人都应聘用。然而，这次董事会决定，只取一名，只有割爱一人了。下面接着考试，内容是你们两个给对方的作品打分，然后根据分数录取一人。"

　　此时，我们两个对看了一下之后，小郏就看着我的作品不语，我则看着他的作品沉思。说真心话，就小郏的作品水平而言，决不在我的之下。他的构思新颖，设计独特。给他打多少分呢？我情不自禁又看了一下他，他的目光正与我相撞。我认为，小郏年轻有为，应该把这次机会让给他。于是，我毫不犹豫给他打了100分。之后，就要向总经理辞别。不想总经理叫住我，说："别急，还没宣布结果呢！"

待小郏把给我打的分交给总经理，总经理立即宣布了结果："获分数低者录取！"

小郏不好意思地低下了头。原来他只给我打了59分。

接着，总经理跟我谈了话。他说了很多，但我只记住了实质性的几句："庸才看不见别人的才华情有可原，人才看不见人才的才华就很狭隘了。有德无才会误事，有才无德会坏事，德才兼备能成事。"

我很替小郏惋惜！

第六场电影看过之后

　　章一某成了海内外知名导演后，关注他的新闻媒体就越来越多。然而，章导演却是个不愿接受记者采访的"孤僻"人。用他的话说，喜欢吃鸡蛋的人，你就只管吃就是了！为什么偏要问是哪只母鸡下的，还要问是怎么下的呢？

　　所以，不少记者都吃了他的闭门羹。

　　忽一日，又一记者造访。记者是个漂亮的小女子，又是第一次采访这样的大名人，她紧张得一个劲儿出虚汗，脸庞憋得像个下不出蛋的小母鸡。或许因此，章导演动了恻隐之心，破格接待了她。

　　小女子立刻高兴得手舞足蹈，擦一把脸上的汗水，一下子就提出了十多个问题。章导演思忖片刻，只回答了她的第二个问题：你是什么时候萌生当导演的念头的？

　　章导演出生在太行深处的一个小山村里，从小就爱看电影。那时村里极穷，一个劳动日才合八分钱，邮一封信，买了邮票，没买信封信纸的钱。村里掏钱演电影，那是天大的奢侈，三年五载难逢一次。偶尔，遇个什么节日，公社挨村送电影，他就一个村赶一个村地看，一部电影看了十多遍，他都看不够。不知从什么时候开始，村里死了老人就放电影。死个人虽只放一场，却带来了无限欢乐。一时间，人把看电影寄托到死人身上。经常有人死还好，有时一年不死一个，社员们就一年看不上电影。

　　有一次，小章和小伙伴们背着书包去公社上高小，走到村头，看到六个老头儿、老婆儿在墙旮旯晒太阳。一个调皮学生就指着老人们数："一场电影、两场

67

电影、三场电影……"

老人们听出了孩子们的弦外之音，就纷纷掂着拐棍边撵边骂："谁家的小兔崽子，还不赶快去上学，在这儿咒俺们死！"

小家伙们边跑边叫："就是要看电影！"跑得没影儿了，还甩出一句："明天先看谁的？"

果然，第二天就有一位老人归西，小家伙们就如愿以偿看了一场电影。

这一年的冬天特别冷，缺吃少穿的山村，就先后有三个老人去世。于是，村上就又演了三场电影。尽管是冰天雪地的，可小家伙们一个都不少，他们看得津津有味，甚至连电影主人公的台词都记下了。

看完这三场电影，孩子们都明白，还剩下两场电影哩！他们一个个在心里问：是早看了好呢？还是晚看了好？

当又一个老人过世，正好他们去县城考试，没赶上看这场电影，一个个惋惜得要死要活。他们幼小的心灵里就萌生了一个念头：如果我们也能拍电影该多好呀！

第六场电影看的是章家家族一个八十岁老奶奶的。老奶奶过世正在春节间，她的死为村里带来了空前的欢乐。按村俗，老丧是喜丧，所以就演了卓别林的喜剧片。山村一下子成了欢乐的海洋。

饺子吃过，电影演罢，春节过完，日子似从高峰跌入深谷，山村寂寞得连狗都懒得叫一声。岁月好像凝固了！

随着人们生活条件不断改善，碗里除了多了油花，又多了肉。然而，精神生活却仍很贫乏，人们除了晚上男女那点事儿，什么娱乐活动都没有。山民们又一个个壮得牛似的，自然就没人死亡。没人死亡，就没有电影看。

尽管山外日月如梭，但山里仍然照射着沉重而缓慢的阳光。

说话小家伙们一个个长大了，他们要从初中升高中了。那年的考试作文题是：《我的志愿》，小章就第一次喊出了"长大了，我要当电影导演"的心声！

骄　傲

　　大鼻子说："刚解放那年，俺二大爷是平原县的县长。知道不，县长就是过去的县太爷。俺二大娘是地委书记的女儿。地委书记是个什么官？就相当于过去的州官呢……"

　　大鼻子的话没说完，小眼睛就截住他的话头："县长算个毬，俺祖爷爷当过清朝巡抚呢！巡抚起码相当于现在的省长吧？这才叫官哩！"

　　高颧骨说："要说官，俺家才是正经八百的官宦人家呢！俺祖爷爷当过州官，祖爷爷的爷爷当过宰相，据说同和珅同朝为官。不过他是个清官，斗得和珅一愣一愣的！"

　　听到此，正在抓虱子的歪嘴巴一甩没有表的老棉袄，说："斗和珅的是刘罗锅，哪是你先人？知道不，俺是满族人，俺的先人是王爷呢！当王爷的先人还叫乾隆爷叔叔哩。传说，乾隆爷曾偷偷临幸过王爷的福晋。这事儿若较起真来，俺还是龙种呢！"

　　大鼻子、小眼睛、高颧骨同时瞪大了眼睛，似在问：是真的吗？

　　太阳西斜了，防空洞里的光线暗了下来。几个叫花子仍喋喋不休夸先人，赞自家的光荣历史。

　　洞里几只公鼠在吱吱撕咬着，不知在争食，还是争色！

　　天色彻底黑下来了，防空洞里一点光亮也没有了。

　　大鼻子叹息："好歹我们都有历史呢，怎么今天落到这个地步？"

　　小眼睛愤怒："这世道不公正，都是社会造成的！"

高颧骨逮住一个虱子嚼了，说："别说了，再说也顶不了饿。出去讨点食喂脑袋吧！"

歪嘴巴附和："走吧，找食吃去，老子都快饿晕了。"

大鼻子、小眼睛、高颧骨便一齐走向洞口，歪嘴巴急忙挤到前面，说："都靠后，老子的先人官最大呢！"

大鼻子、小眼睛、高颧骨就自动让路，然后以先人官职大小排先后！

尿 炕

　　小时候，我本来是个乖孩子，后来就变得不乖了。原因是，开始不尿炕，后来就变得尿炕了。

　　我之所以转变，是因为弟弟。弟弟从小就尿炕，偶尔一夜不尿炕，娘不是奖他馃子吃，就是给他买糖球吃，常常馋得我口水流得老长。我就想，我怎么才能吃上这些好东西呀？终于想出了办法，也尿炕。然而，从不尿炕到尿炕也有个过程。第一次尿炕还挨了娘的打，娘用扫帚疙瘩一边打我的屁股，一边骂："从小不尿炕，现在越长越撒（退）了！"我就一声不吭，只看着比弟弟尿得还要湿的褥子。

　　第二天照尿不误，自然又挨了打。我一边挨打一边想，看来不受点皮肉之苦，是得不到好处的。第三天没尿炕，却得到了同弟弟一样的待遇。当娘递给我一个热馃子时，还笑着骂了我一句："不要脸，总算有长进了！"我吃着这个馃子，还情不自禁摸了摸挨过打的屁股。

　　以后，我就隔三差五地尿炕，也就不断得到娘的奖赏。

　　长大了参加工作，我本来是个好职工，后来就变了。开始什么事都很认真，一就是一，二就是二，工作数我干得突出，可一到长级调工资，却没有我的份儿。后来，我就聪明了，受小时候尿炕的启发，我就开始在工作中"尿炕"了！结果，同小时候尿炕故事的结尾惊人的相似，不但长了级，增了工资，有一年还出席了市里的劳模大会，大红花戴在胸前，坐在主席台上谈"经验"，心里美透了。

　　如今，都快到退休年龄了，回首往事，感慨万千。有时，把这故事讲给儿子听，儿子就笑我。我说："你别笑，等你理解了爸爸的故事，你就成熟了！"

儿子说："但愿你的故事早一天过时！否则，时代就停步不前了。"

我说："是呀，但在我的故事不过时之前，你还是聪明一点好！"

儿子鄙夷地看了我一眼，就忙他的事了，电脑打得噼里啪啦响，屏幕上出现的都是我不认识的外国字！

立马发财

　　向前（钱）看的年代，谁不想发财呢！

　　下岗半年多的君看到左邻右舍一个个富得流油，男的手拿大哥大，腰插 BP 机；女的穿金戴银，浑身洒法国香水。君就像一个输红眼的赌徒，恨不得一夜生出两只翅膀，飞进别人家，把别人的财富据为己有。

　　但是，古人有言在先：君子爱财，取之有道。君像他的名字一样，是个君子。要发财还得开动脑筋想办法。他就左思右想，把脑袋都想得冒火了，还是想不出个道道来。

　　无奈时，他想起在点子公司当经理的大哥。大哥叫闯，也像他的名字一样敢闯敢干，两年前，告别铁饭碗，硬是闯出了一块天地，生意红火，令人眼羡。

　　找到大哥，说明来意，闯哈哈大笑："发财？这好办。首先你要有发财的意识，白天想夜里想，一天到晚要招财神爷念上十遍，数十遍，上百遍！"

　　君说："好，我就试试看。"

　　十天后，君又找到哥，愁眉苦脸道："八成你把好点子都给了人家，给我的是个孬点子。我一天到晚念得足有上千遍，怎么发不了财呢？"

　　闯说："心诚则灵，该不是心不诚吧？回去接着念，念千遍不行，就念万遍。"

　　君说："好，我就念万遍。"

　　回到家，君就神经病似的，一天天不计其数地念起"财神爷，我想发财"来。

　　忽一日，君做了个奇怪的梦，梦见财神爷双手托着一个巨大的金元宝，骑在一匹腾空站立的骏马上，而且，这匹马一只蹄子踏着一只飞燕。

梦醒来，君仍不愿走出梦境。天不亮就找到哥，把梦说给他听。闯一听，就两眼放光，一拍手儿说："好，这一次，你真的要发财了！"

君抓头皮："一个梦就能发财？"

闯说："是的，你已发了财，却还不知道呀！"

君不解地望着哥。

闯说："你开个价，这个梦，你卖多少钱？"

君说："哥，别开玩笑了，如果这个梦真能发财，你去发吧，发了请我喝碗豆腐脑就行。"

闯说："我不是在开玩笑，你这梦变为现实之后，我给你二十万元如何？"

"二十万？"君似又走进了梦中。"对，二十万。"闯斩钉截铁地说，"如果你同意，我马上起草合同书！"

闯是个说一不二的人，就在君一脸疑问中，三下五除二写好合同，然后请君签字。

君仍不信会发财，边做游戏似的签字，边开玩笑说："真发了财，才怪呢！"

闯说："世上的怪事多了，你就等好吧！"

半年后，闯果然拿着二十万元汇票来找君："这就叫'立马发财'。说实话，你不但发了财，我托你的福，也发了财呢！"

君瞪大两眼追根问底，闯便说出来龙去脉。

原来，中国历来财神像模式单调，不是坐式，就是站式。当君说出了他的梦中财神，闯脑海立刻浮现出一幅新财神像初型，第二天就请一位高级美术师制成"立马发财"模型。模型新颖独特，前所未有。闯捧着找到美术陶瓷厂，说明来意，有开拓精神的总经理当即拍板，用四十万元买断了制作权。一周后，"立马发财"财神像烧造出来，未在中国市场露面，就参加了个世界性的陶瓷博览会。结果，立马叫响，仅日本、韩国、新加坡三个国家就订货数十万美金。

听了闯的叙述，君激动不已："哥，原来发财就这么简单呀！"

闯说："你说呢？只要敢想敢干。"

君说："我也参加你的点子公司吧？"

闯说："一言为定，你这个新职员，我收下了！"

魔镜餐馆

诗人刘瑞成下海开餐馆，开砸了，砸得一塌糊涂。自己家辛辛苦苦攒下的10万元钱砸了进去，借亲朋好友的5万元也打了水漂儿。被砸懵的刘瑞成，如不会游泳就下水的旱鸭子，一下子被水呛昏了。

沮丧中的刘瑞成不知下一步棋如何走，有人提议，让他找找点子公司，看能否帮他出个点子。刘瑞成就如绝望中抓住了一根救命稻草，风风火火地找到点子公司经理老郑。老郑叫郑力，虽年过花甲，却如不惑之年，精神抖擞，朝气蓬勃。不平凡的经历，除了为他留下许多人生的经验和教训，似乎没有别的痕迹。

老郑随他来到餐馆转了一圈，询问了一些经营情况，便说："一个礼拜后听我回话。"

回到公司后，老郑立即召集职员们出谋划策。于是，张点子、王点子、李点子、赵点子一同到会，会诊刘瑞成开砸餐馆的病症。张点子听了郑经理介绍的情况后，当即慷慨陈词："任何有建树的人，一定是个开拓精神很强的人，奉行的应该是'不可无一，不可有二'的原则。刘瑞成餐馆弄砸，归根结底是餐馆开得没特色，再加上没经验，除了失败，没有别的出路。给我几天时间，让我为他想个点子试试看。"

5天后，张点子来到公司，没向郑经理讲点子，却先讲了他做的一个怪梦，梦见王母娘娘请他到天宫赴宴。来到天宫，只见四壁生辉，熠熠耀眼。各路神仙早已先到，他们正喝着仙酒、吃着佳肴、听着仙乐，好不快活。张点子找了个位子坐下，挤于神仙中间，也立刻变成神仙似的。正吃到高兴处，突然，孙悟空来

75

拉他，叫他去看一面魔镜。他跟着悟空来到魔镜前一站，悟空说声：变！镜中出现一个婴儿，哇哇啼哭；悟空又说一声：变！镜中就现出一个英俊少年，似有些面熟；悟空再说一声：变！镜中竟是张点子现在的模样儿。原来，魔镜能现出一个人不同时期的不同形象。正当悟空问他要不要看到自己老年的形象时，闹钟铃响了，打断了他的梦。

张点子讲得眉飞色舞，郑经理听得喜上眉梢，不住地说："刘瑞成还是个诗人呢，他怎么就做不了如此充满诗意的梦呢！"

接着，张点子又和郑经理如此这般地谋划起刘瑞成的餐馆来。

在郑经理、张点子的指导下，餐馆进行了重新装修。地面铺花岗岩，墙壁和屋顶全镶上张点子梦中的大魔镜（实为大型电脑屏幕）。装修好的餐馆，就如天上宫阙降落人间。

店名也由原来的和平餐馆改为魔镜餐馆。饭菜也不一般，不是根据中国宫廷名菜、名人名吃烹饪，就是根据外国风味配菜制作，中西结合，价廉物美。

开张那天，电台、电视台播发了广告，报纸、刊物登载了开业新闻。白天，餐馆独特别致，令人流连；夜晚，霓虹灯闪烁，整个餐馆更充满诗情画意。

凡来餐馆就餐的人，有第一次，必有第二次、第三次。人们不仅能吃到美味佳肴，还能欣赏不同时期的自己，更能得到一种前所未有的精神享受。进得餐馆来，只要你将生辰八字输入电脑，"魔镜"里便将一幅幅您的优美形象送入您的眼帘。青年人在这里憧憬着美好的未来，坚定干一番大事业的决心；中年人在这里回味着过去，设计着未来，修正着方向；老年人在这里追忆走过的路，充分欣赏"满目青山夕照明"的人生美景。作家、艺术家在这里找到了灵感；改革家、企业家在这儿受到了启迪……

刘瑞成一举成功，餐馆红火，诗情也大发，不到一个月就写出一本诗集。成功后，刘瑞成自然没有忘记点子公司，不但按合同送去两万元的咨询费，还送去一面"金点子·无价"的锦旗。

郑经理和张点子看着，两个人的面庞就笑成两朵盛开的菊花儿！

棋　圣

　　鸡鸣镇有三圣：书圣屠二爷，茶圣章三爷，棋圣柳八爷。三圣之中最出名的还是柳八爷。八爷那棋下得真叫绝，棋盘一摆，跳马出车，攻卒飞象，三下五除二解决战斗。对方还没缓过劲来，柳八爷早捋着山羊胡，瞅着将对方的帅逼入绝境的胜棋，哼起京腔来："忽听门外三声炮，威震长空……"

　　柳八爷不但在鸡鸣镇下棋有名，在全县棋手中也是名列前茅的。有一次，县里组织棋赛，连战三天，八爷击败一个又一个对手，竟得了冠军。"县太爷"同他握手合影，他那山羊胡直乐得翘过了鼻尖。

　　俗话说，强中还有强中手。柳八爷下了大半辈子棋，败在他手下的人成百上千，然而，他却始终没赢过另一个人。你道此人是谁？鸡鸣镇镇长杨德衡。杨镇长平时工作忙，不得空下棋，逢年过节，酒足饭饱之后，少不得到柳八爷家里下几盘。两人对弈，极是认真。杨镇长一支接一支地抽烟，将手指熏黄了，一盘棋才进行一半；柳八爷捋着胡须，足能捋断八根，一盘棋才显出个眉目。宣告结束时，准是杨镇长获胜，柳八爷败北。

　　有人在柳八爷手下是败将，同杨镇长下棋却是胜者。于是，便问起柳八爷，为什么敌不过他。八爷眯起眼睛，支吾半天："哦……哦……他的棋术高明哩！同你们下棋，他准是让着，同我下棋，他才真较劲呢！"人们瞪大眼睛，怕是：卤水点豆腐，一物降一物呢！

　　忽一日，柳八爷病倒在床，吃了许多药，打了许多针，不顶事。医生说得了绝症，让他的亲属准备后事。棋友们都上门探望他，杨镇长也来了。柳八爷两眼直直盯着人们，抖着嘴唇，眼泪断线珠似的流了下来。棋友们劝他，安慰他，他越发落泪，最后死死盯住那个棋盒子。有人提议：下棋。八爷艰难地笑了。于是，在他床边摆好棋盘，选出代表，同他下永别棋。八爷吃力地挪动着棋子，结果仍是柳八爷得胜。之后，杨镇长坐在了棋前，柳八爷又笑了一下。两人开始交战：杨镇长出车，柳八爷攻卒；杨镇长跳马，柳八爷飞象……杨镇长下了一步明显的错棋，他是想让八爷赢了他。八爷拿着棋子却久久不放。

"八爷，你要赢了！"

"八爷，这次杨镇长输是一定的啦！

人们大声呼唤着。

八爷头一歪，手中的棋子"当啷"一声掉在棋盘上。

"八爷！……"

八爷同棋友们永别了！

发丧时，杨镇长在柳八爷的灵前哭得最痛。

后来，人们传说，杨镇长原是柳八爷的徒弟，自从他当了镇长之后，柳八爷就再也下不过他了。

棋　道

　　S县城的十字街上悄然摆起了一个象棋摊，一张小方桌放在摊中央，桌边立一个小木牌，上写：对弈收费，输棋两元，和棋一元，赢棋免费。一个二十多岁的残疾女青年坐在桌后的轮椅上，静静地守候着。县城的人很匆忙，有闲心下棋的人更少，所以，姑娘每天都有很长的时间冷清着。这时，她就坐在轮椅上打毛线衣，或者看小说。

　　小许大学毕业分配到这个县一家工厂工作，很是寂寞，无意中发现了这个棋摊，觉得新鲜，就坐下来同姑娘对弈。他很快领教了她的棋艺，当他就要赢她的时候，姑娘同他对视了一下，于是，他举起的棋子又放下，就很快败下阵来。临走将两元钱放在小桌上，姑娘感激地笑笑。

　　从此，小许着了魔似的几乎每天来棋摊下棋，且只输不赢，最多打个平手。

　　一天，同学小史和他一起逛街，逛到了这里，小许禁不住又与摊主杀了起来，自然是很快就输给了姑娘，然后掏出钱，准备再战。小史看不下去，心里说，小许在学校是棋王，怎么到一个女辈手里就变得如此稀泥软蛋？就推他让位，自己战她。小史落棋有声，几步棋走下来，就把姑娘逼到了绝境，只几个回合，姑娘就输得落花流水。

　　回来的途中，小史还在笑小许没出息。

　　小许说："下盘棋何必认真，没见她是个残疾人！"

　　小史一想，也是的，何必和残疾人较真呢，又是个姑娘。就在心里高看小许一筹。

当小许同残疾姑娘对弈了半年的时候，有人传说，小许与原来恋爱了三年的女同学告吹了。再后来，又有人传说，小许同那个棋摊上的残疾女孩恋爱了，而且很快就要结婚。

小史不信，找到小许核对真伪。

小许答非所问："怎么了，残疾女孩不能爱？"

小史讨了个没趣，不久就吃上了小许的喜糖。

结了婚的小许就调出了工厂，到县委工作，两个月后升为宣传部部长。

后来，小史才知，残疾女孩原来是县太爷的大女儿。

光阴过得飞快。时光老人在酿造喜剧的同时，也在酿造着悲剧；酿造悲剧的当儿，又在孕育喜剧。小许与县长的残疾女儿结婚不到一年，那女的就突然去世了。县长的大女儿去世了，出落得一朵出水芙蓉似的县长二女儿就做了小许的第二新娘。

再次结婚的小许就好戏连台。第二年喜得贵子，得子的同时，又坐上了副县长的宝座。当了副县长的小许就挺胸腆肚，到厂矿企业视察工作，做重要指示。在厂里遇到了小史，他就居高临下地跟他握手，"哈哈哈"问这问那。小史甚觉没意思。

过去的棋摊早成了历史，小史再走到县城十字街，仍情不自禁朝那地方望一眼，心里骂一句小许：好小子，这也叫棋高一招？！

架　子

麻雀落在井架上——鸟儿不大，架子不小。

这句歇后语是仁义乡村民对乡长卜世仁的评价。卜乡长个子不高，肚子不小，整天腆个啤酒肚，使人联想到秋后的灰冬瓜。

卜乡长最使人反感的就是他处处拿架子。他除了在上级面前像个三孙子，点头哈腰，在下级和百姓面前，从来都摆个臭架子。走路高抬头，两只小眼睛像在观察天上的星星，与人说话从鼻子里哼声儿，弄得人们见到他比见到一只苍蝇还避之不及。

最能显摆的还是他主持乡里会议。他在主席台上挺胸腆肚，讲话手舞足蹈，且又臭又长，简直是懒婆娘的裹脚布。等他的官瘾过足，架子摆够，听会者不是悄悄溜走，便是在会场上打起了呼噜。

有一次，召开扶贫工作会，他仍然拿架子，讲又臭又长的话，但人们还是耐着性子听下去，因为人们关心的是上级拨下来的几十万元扶贫款的分配问题。会议开了一整天，人们像吃蜡似的听了两大晌。事后，扶贫款象征性地落实了一点点，而他原来坐的那辆桑塔纳却换成了奔驰。背地里人们骂他：卜世仁——不是人。

卜乡长当了多半辈子官，仅在乡长位子上就徘徊了十多年。如今面临船到码头车到站了，似乎他的官架子摆得更厉害了。过去只在下级和百姓面前摆，如今在亲朋好友面前也摆起来了。大概是像秋后的蚂蚱，没几天蹦头了，紧着挣扎吧！

忽一日，县里召开乡级干部退二线会议，卜乡长到会只听了半截，就觉得天旋地转。他想解手，就离开会场找茅厕，未走进茅厕，就跌了个大跟头，拉了一裤子。幸亏有人及时发现，抬他到医院抢救，才保住了性命。性命保住了，却成了个残疾人，嘴歪眼斜，半身瘫痪，借助两根拐杖的支撑，才能向前迈步。

他走到哪里，尽管对人微笑，再不拿官架子了，但人们仍避瘟疫似的躲开他。

有人说："他压根儿就是个残疾人。过去心理不健全，需要官架子支撑。现在身体残疾了，不需要官架子支撑，却需要木架子支撑了。"

有人说："他天生就是一棵丝瓜秧命，没筋骨，不靠架子支撑，怎么往上爬呢！"

隆泰酒家

　　隆泰酒家的主人办店时，取这名字的意思是：生意兴隆，平安无事。因为这个城市自古留下了"狗腿子"多的不大好听的绰号。有一句顺口溜道，京油子，卫嘴子，古城市的狗腿子。狗腿子多，自然就不大平安。所以，开饭馆办酒店，能平平安安发财，实在不那么简单。

　　隆泰酒家的老板姓胡，人称胡老板。人虽瘦得像个打枣杆儿，却极精明。小眼睛一眨巴，就一个点儿，秃秃的脑袋一摇晃，便一个智谋。酒家开张后，除了顾客光临，自然少不了小流氓光顾。胡老板也大度，对顾客十二分热情；小流氓来了，也不怠慢，给钱则收，不给钱也罢；不找茬儿的笑脸相迎，找茬儿的也好话相送。所以办店半年多来，虽无赚大钱，却也没亏大本儿。

　　忽一日，一彪形大汉进店，前脚刚踏进门，便高声喝道："掌柜的，好酒好菜快上来。"

　　胡老板和老板娘急忙一同接待这不速之客。老板娘送来一杯热茶："您先解解渴！"胡老板拿来菜单，殷勤道："请师傅点菜！"

　　大汉也不客气，呷一口茶，山珍海味的高档菜要了十几道，之后又要了一瓶汾酒。

　　霎时，酒菜端到了桌子上，大汉便狼吞虎咽地胡吃海喝起来。酒足饭饱，大汉突然找起了茬子，说菜做得一点味儿都没有，酒也是假的。胡老板迎上前，作一揖："师傅息怒，菜无味儿，说明小的厨师水平低，这菜钱全免了。但酒绝对是真的，是直接从酒厂购的。"

大汉一口咬定："是假的，不信，你自己尝尝。"说着竟将杯中酒泼在胡老板脸上。然后，手一扬，酒杯飞向店中央的大镜子。"哗啦"一声，镜子上的玻璃俱碎。

吃饭的人一下子围过来。不少人瞪大眼睛，心里说，有好戏看了。你道大汉是谁，古城市有名的武术师。据说，暗里做了一个流氓集团的师爷。

胡老板仍然很客气，又一抱拳说："师傅，得罪了！"

大汉冷冷一笑，欲扬长而去。

不想此时，胡老板一步跨到大汉面前："你走好！"说时迟那时快，冷不丁朝大汉飞起一脚，大汉便应声倒下，好一会儿才缓过劲来，一边往外爬，一边不住地说："少林功夫，厉害，厉害……"

"真是强中更有强中手！"

"真人不露相，露相不真人，不想胡老板还真有两下子！"

众人声声赞叹。

从此，隆泰酒家真正地兴隆太平起来了。

年底，胡老板来到大汉家，进门就扑通一声跪在地下："师爷，那次真委屈您了！"说着递过一包银子，"这是小的的一点心意。"

大汉将胡老板扶起："以后别忘了爷爷就是啦！"

胡老板点头如鸡啄米："那是，那是。"

晚 景

夕阳西下，红霞漫天。此时，正是"满目青山夕照明"的晚景。

晚霞透过窗子泻到老宋和老钟身上。两个老鳏夫下了一下午棋，以三比三告罄。棋平，而两个人的心理都不平。老宋离休前是局长，心里说，一个堂堂局座还赢不了个小科长？！老钟离休前虽是科级，却挂着副高职称，心里说，一个副教授级别，还拿不住个小局长？！

老宋伸了个懒腰，打了个呵欠。

老钟条件反射也伸了个懒腰，打了个呵欠。

猫儿好像知道他们要"休战"了，才"喵呜喵呜"地叫起来，以示它的存在。这时，老宋才想起，一天没喂它了，便到鱼缸里去捞鱼。不想三天没去买鱼了，缸里只剩下了一条泥鳅。他从缸里抓起，泥鳅还"吱吱"叫了两声。

老宋把泥鳅甩给猫儿，猫儿高兴得一下跳了起来，两只前爪把泥鳅捧起，然后扔向空中，再接住。泥鳅就在空中扭动着身躯，一会儿卷成个句号，一会儿伸成个叹号。好一副猫鱼斗趣图！

两个老人就高兴地哈哈笑了起夹。

突然，老宋眉宇紧锁，老钟也沉思起来，好像在他们下棋时，双方举棋不定时的神情。

一会儿，老宋眉宇舒展，说："你说这泥鳅还能活多长时间？"

老钟答非所问："你说呢？"

"最多五分钟。"

"泥鳅生命力强，少说十分钟。"

"我不信。"

"不信那就试试。"

"好，一言为定。谁赢了，就算今天的棋也赢了。"

老钟就笑着点头，看手表。

秒针在跑，分针在移，猫儿仍在斗泥鳅，两个老人一边看表，一边看泥鳅。猫儿好像一下子找到了表演机会，似乎将饥饿也忘记了。它把泥鳅向空中扔累了，就把它向地上扔，一次甩出数米远，然后一个箭步蹿过去，抓住，再扔向前方！

三分钟过去了，泥鳅的活力一点不减。

五分钟过去了，泥鳅仍然生命力极强地跳动着。

老钟瞅老宋一眼。

老宋眼睛里流露出失败的神色！七分钟过去了，泥鳅还没死。八分钟时，它突然躺在地上不动了。

老宋高兴得几乎拍巴掌，说："活不到十分钟，我们仍算平局。"

老钟不慌不忙道："先别急，笑到最后才算笑得好哩！"

"泥鳅都见了阎王爷，还笑得好哩！"

老钟仍不死心，看表，看泥鳅。

"算了，算了，宣告结束。"

"结束也要等到十分钟嘛！"老钟站起，走到泥鳅身边，喊道："一、二、三……"像一个被打倒的拳击运动员，如果数到预定的数儿，仍不起来，就算失败了。

"你是不到黄河不死心。"老宋说。

老钟仍然数着数儿，当数到十时，泥鳅突然又跳了起来，猫儿又蹿起，双爪抓住泥鳅。

"我赢了，我赢了。现在是十分二十秒！"老钟高兴得几乎跳了起来。突然，他一下子墩坐在沙发上，翻起了白眼："老宋，我……我……快……"

老宋急忙抓起电话，往急救中心挂。

一个小时后，老钟躺在了市医院的急救室。

两个小时后，他转到了太平间。老钟急匆匆地"走"了，病历上写着：心肌梗死。

老宋失去了棋友，心里很是难过了一阵子，有时也想："他妈的，老钟真不够朋友，临死也赢了我呢！"

染发的悲剧

当任成石在县委办公室当了五年秘书的时候，一天写材料写累了，便像往常一样伸了个懒腰，然后把手指插进头发里用劲抓头皮，据说这样可以活血。这一抓不要紧，却抓下几根白发。他瞪大眼睛：怎么有了白发，难道老了？

于是，他急忙到商店买了染发剂，回家就染起发来。

"哟，这是怎么啦？"刚下班的妻子一见他便问。

"我头上长白发啦！"

"长白发怕什么！"妻子调侃道，"老夫老妻了，我还会甩了你？"

"有白发多难看，现在兴这个！"

霎时间，任秘书的头发变得墨黑墨黑的。他对着大衣柜上的镜子照来照去，竟兴奋地哈哈大笑起来。

从此，任秘书过一段时间就染一次发。头发黑黑的，人也显得很精神。虽是往五十岁上数的人了，因为有一头黑发笼罩，一点都不显老，他写起材料来更带劲。

一晃就是几年。同他一起当秘书的，一个个提局长的提局长，升主任的升主任，唯独他还是一个老秘书。一日，开县三干会，书记讲话稿仍由他起草。同书记研究材料时，他抓住机会表达了自己的心迹。书记长抽几口烟，笑着对他几年来的工作夸奖了一番，然后说："对于你的提拔问题，不是没有考虑。只是同你一起工作的同志，都有各种各样的理由，有的头发甚至都熬白了。所以，先提拔了他们。你呢，就一再拖了下来。"

任秘书吃惊道："难道头发白了也是个提拔的理由？"

书记仍笑道："作为领导总得关心同志，全面考虑同志们的实际情况吧！"

任秘书再无言可说，久久不语。

以后，他就不染发了。

一个月后，头发长出了白茬。

两个月过去，白茬在向黑发延伸。

三个月的时候，每根头发都成了黑白分明的接力棒。

待到半年，他已完全成了个白头翁。

大家都为他拼命工作而累白了头的精神赞叹，又都为他白发长得这么快不解。

当书记知道了他的情况，紧紧握住他的手说："请放心，你的任用问题，我们一定尽快解决，过去我们工作有失误，请原谅！"

话是这么说，然而因为各部门领导位子不是爆满，就是双套，没有空缺，而迟迟提拔不成。

再有重要材料，书记也不好意思让他写了。

任秘书顶着一头白发在机关走来走去，人们突然觉得，他变老了！

真假花椒

　　贾老板开饭店，是纳鞋不用锥子——针（真）行！

　　这句话成了 D 县城流传的一句歇后语。这歇后语有两层解释：贾老板姓贾名榛，人称"假实真"；他雇的厨师姓甄，名叫甄布佳，人称"真不假"；甄布佳儿子叫甄兴，当跑堂小伙计，不但对人热情，而且腿脚勤快，顾客就冲他连连夸奖：真行！

　　在假风横行，伪冒四溢的年代，贾老板硬是靠一个"实"字，打开了局面。他从不偷税漏税，用他的话说，国家兴亡，匹夫有责，绝不能干坑害国家的事。他更体谅顾客，用他的话说，顾客是上帝，对不起上帝，上帝怎能保佑我们。他奉行薄利多销的原则，主顾多是回头客。第一年，就亮出了好牌子；第二年，他由两间店铺扩大到四间；第三年，拆旧盖新竖起两层小楼。半斤白面放了八两酵头——大发了！

　　然而，真诚忠厚的贾老板的发财史，却是由他那次作假发端。

　　当他的买卖像上笼不久的馒头，刚刚冒出热气的时候，有一天，突然来了几个不速之客，听口音不像本地人。他们要了一桌子酒菜，价值上千元。从中午喝到下午，从下午又喝到晚上。小伙计甄兴对这伙特殊顾客早腻烦了，只是遵照贾老板的"实"字方针，不敢多言。要结账的时候，一个长得又高又大的汉子，把甄兴叫过去冷冷地说："把你们老板叫来，有要事相告！"

　　甄兴找来贾老板，大汉指着一个盘子里两个黑点愤怒地说："请老板辨认一下，那是两只什么？"

贾老板知道来了吃白饭的茬儿，但仍和颜悦色地说："先生息怒，有话好讲。让我看看是什么！"

大汉用力拍了一下桌子，吼道："别看了，我早替你看过了，是两只苍蝇。你是怎么开的饭店？这么不卫生！我们是到防疫站和消费者协会解决问题呢，还是私下解决？"

明摆着是这伙歹人做了手脚，想赖掉饭钱。贾老板急中生智，拿过两只苍蝇，装作细细辨认的样子，然后指着墙上的县卫生局颁发的"卫生模范"的牌子说："怎么可能呢？别说是冬天，就是夏天也没有苍蝇呀！是两粒花椒嘛！"顺手放进嘴里，嚼了几口，咽下肚里。

"顾客"们面面相觑。

大汉狂笑一阵儿，竖起大拇指："有种，佩服！祝你发大财。"随即付了钱，率领人马离店。

贾老板和颜悦色地送出大门，道："诸位走好！"

这一夜，贾老板就呕吐不止，几乎吐出肠子来。

此后，贾老板的生意骤然红火起来。

吐 痰

我有个臭毛病，爱随地吐痰。在京城因吐痰被罚款就有五次，每次五元。在省城因吐痰被罚款次数就记不清了，反正绝不少。为此，妻骂我"狗改不了吃屎"！

年前，应新加坡作家协会的邀请，我到新加坡参加一个世界性的国际笔会，临行前，妻就训我："国外不比国内，若因吐痰什么的让人家给扣住，那可就是光着屁股上电视丢丑在外了！"于是，我走前多拿了两大包卫生纸，准备吐痰用。

果然一下飞机，踏入异国他乡，迎接我们的朋友除了客气的礼节外，便笑着认真地告诉我们："新加坡是个法律非常健全的国度，一旦犯法是要挨鞭刑的，就是随地吐一口痰或者抽一支烟，都要罚坡币五百元的。就是你们身上没有带钱，陪同你们的人也要替掏腰包的。而且这种罚款是绝对不许说情走后门的！"我的天，吐口痰就要罚五百元，新加坡货币当时同人民币兑换是一比六，合人民币三千元呢，是首都罚款的六百倍。就凭这一点，这臭毛病也得改。

开始有些不习惯，过了几天之后，反而觉得一切很好。一个美丽的国家如同一个漂亮的少女，怎能容忍不卫生的习惯去玷污她俊俏的面庞！有一天，一个新加坡朋友陪我去逛热带公园，走到一个僻静处，觉得嗓眼里痒痒的，瞅瞅四处无人，突然就有了随地吐痰的欲望。朋友似乎察觉到了我的陋习，忙递过来一个洁白的手绢，说吐在这里，然后扔进垃圾箱。我接着他的要求做完这些时，他就冲我笑得十分甜，并不住地夸奖我："Good，very good！"离开了新加坡，朋友那真诚的笑容仍像一朵永不凋谢的美丽的花儿开在我的心灵里。

再回到生我养我的古城，就有了一种陌生感。看到有人随地吐痰，就有些看不惯了，甚至不客气地指责批评他人。为此，遭到了不少人的白眼！

又过了些日子，就又见怪不怪了，甚至心里自己骂自己，出了一趟国，玩什么臭深沉。"谁不说俺家乡好"，在古城，就是随地大小便，谁又敢奈何于我？！于是，我又汇入了那随地吐痰的大军中。

忽一日，觉得肺部有些不适，吐出的痰里带有血丝，且每日发烧。到医院一透视，已是肺结核转成了肺空洞，必须立即住院治疗。

一位在市卫生局工作的朋友来看我，告诉了我一个吃惊的消息，说据有关资料透露，因人们随地吐痰，我们这个城市上空完全弥漫了结核菌。身体稍微虚弱的人，都随时会染上肺结核病的。

躺在病床上，我就更加怀念那美丽卫生的狮城新加坡，那个法律健全，人民自觉的国度。夜里，做了一奇怪的梦，梦见古城也变成了那样卫生、美丽的一座城市。

偷

黎明家属院的居民，几乎家家小库房都被偷过，唯独芸芸家的没被偷。

小朋友在一起聊天，佳佳说："我家被偷了两辆摩托车。"

东东说："我家虽被偷了一辆，却是进口的，日本的原装，值一万多块呢！"

小生说："我家被偷了两个大箱子，爸爸说，里面的东西比三辆摩托车还值钱呢！"

芸芸就笑眯眯地说："不知为什么，我家就没有小偷光临！"说完就如吃了一颗熟透了的红杏儿，一直甜到了心窝。

佳佳一瞪眼："你家没被偷，你以为是光荣吗？说明你家是穷酸。"

东东就附和："穷酸！"

小生也帮腔儿："是穷酸，只有穷酸才不招小偷呢！"

芸芸一下子就像一棵霜打了的小苗儿，低下了头。是呀，相比之下，只有自己家穷。佳佳爸爸是钢铁厂厂长，家里成天门庭若市；东东爸爸是区政府办公室主任，提大包拎小包的来他家的人不计其数，有一次还走错了门，找到了芸芸家；小生爸爸虽不是什么官，却是富得流油的个体户，据说挣了一百万呢。而自己爸爸却是个普通教师，别人家没有的，他们家没有，别人家有的，他们家也没有。想到此，芸芸就感到很辛酸。多么希望自己家也被小偷偷一次呀！

过十三岁生日时，爸爸狠狠心，用从牙缝里省出的五百块钱，给她买了辆小赛车，目的是奖赏她考上了市重点中学，也为了她上学方便。看着漂亮的小赛车，芸芸心里就乐开了花。有时就想，这么漂亮的小赛车，不会被小偷偷了吧？又一想，就是被偷了也值得，她也可以在小朋友面前骄傲一回了！然而，小赛车每晚放在小库房里，都半年过去了，仍安然无恙。芸芸心里既高兴又败兴，说不出是什么滋味儿。

有一次，芸芸家的小库房门被撬，小赛车果然被偷了。芸芸来到小库房，看到车子在地上留下的辙印，沉默了许久。

当她将这个不幸的消息告诉小朋友们时，小朋友们都嬉笑她："就你那破赛车被偷，也值得大惊小怪的，真掉价！"

芸芸就再也不理小朋友们，一甩头走了。

吃晚饭的时候，芸芸爸爸和芸芸妈妈还在唠叨，芸芸爸说："怎么可能呢？如今的小偷真不可思议。"

芸芸妈说："是不是昨晚你忘了挂那小牌子？"

芸芸爸说："没忘呀！"

原来，为了防偷，芸芸爸做了个小牌子，上写："梁上君子先生，本人是个穷教书匠，库内没有贵重物品，请勿费时。"每晚挂在库房的小门上。

此时，芸芸就"哇"地一声哭了起来，边哭边说："爸爸妈妈，我对不起你们，那小牌是我昨晚摘下来的！"

超 越

阿春猛踩了几下脚蹬子，自行车便像箭一样向前飞去，一下子就抛下了一大批同路人。当他决定再加快速度时，突然一个熟悉的背影跃入他的眼帘，于是，一下子就震慑了他，情不自禁放慢了速度。那是老馆长吴能竞，此时，他骑一辆半旧的自行车，随行在这股人流中。

吴馆长是阿春的老领导，阿春二十岁参加工作进入文化馆，就在他的领导之下。那时候吴馆长不过三十多岁，又都爱好绘画，就常常在一起切磋技艺，讨论作品。后来，阿春发现吴馆长的思想太传统，太保守，多年来在艺术上没有长进，就与他拉开了距离，走一条中西结合的绘画新路。当他一幅作品在国外参赛获了奖，却在文化馆栽了个大跟头，馆内任何人都对他没了笑脸，吴馆长对他拉得脸更长。紧接着一场红色风暴骤起，他就自然而然以里通外国的罪名住进牛棚。时间不长，吴馆长也戴上了一顶牛鬼蛇神的帽子，成了他的牛友。命运使他们连在了一起，挨批斗之后，躺在一起隔窗数天上的星星，数烦了，老吴就问他："阿春呀，你知道为什么犯罪吗？"

阿春说："知道。我不该把作品寄到国外。"

"还有呢？"

"还有什么呢？"

"你不该超出大家，去争名争利。记住，什么时候都不能走出群众行列。要找准自己的位置。"

一转眼就是三十年。三十年，阿春确确实实没有越出大家半步，过得平平庸庸，也安安稳稳，生活没有浪花，艺术没有突破。

当一名大学生充实到馆内，并很快打出新局面时，他才似乎找到失落三十多年的灵感。

吴馆长本来要采取措施，对大学生教导一番的，没想到大学生是县委书记的亲戚，根子硬靠山牢，没待他行动，一纸退休书下来，他的位子就被大学生坐上了。

大学生也是搞绘画的，艺术上很有见地，阿春很佩服他，也想同他赛一赛，却感到心有余而力不足，且胆也不足。大学生不但刻苦勤奋，而且有很高的造诣，理论上也很有一套。阿春想，无论如何是超不过他的，但阿春很虚心，决定向他学习。

今天，阿春就是利用礼拜天，前去登门拜访他的。

阿春看了一下手表，时间不早了，于是，再次猛踩车蹬子，心里说，老吴有什么呢，不就是个退了休的小馆长嘛！

兴许阿春心里有些慌，车子刚冲出这股人流，就与对面飞过来急转弯的一辆吉普相撞，自行车前轮子一下子就钻进了小汽车里，人却甩出丈余远。大概死神跟他开玩笑吧，车子变成了麻花人却没受大伤。人们围过来，吃惊的唏嘘声响成一片。吴馆长下车走过来，扶他走几步，还好！就又教导一番："都五十岁的人啦，还这么毛草！我老远就看到你想超过大家，结果欲速则不达。没丢了小命，就算捡了个便宜。今后可要小心呀！"

"是的，是的。"阿春不住地点头，看着老馆长的脸，加快了心跳。

夕阳西下的时候

　　林局长在市医院躺了一个月，就稀里糊涂转到省医院。在省医院折腾了一个礼拜，又莫名其妙地转回来。他似乎从每个人的目光里读懂了自己的病情。这温暖的太阳将不属于他，那明亮的月亮也将离他远去了。于是，他就像一部电影将结束时，讲过去生动的镜头情不自禁地在心头重现一遍：少年时的山村生活，青年时的美好憧憬，以及参加工作后的是是非非，曲曲折折。夕阳要西下了，他还是对人生留有无限眷恋。最让他牵肠挂肚的还是他走后的人事安排。现有的两个副手，一个小张，一个小李。小张实诚，但死板；小李精明，却看不透。前一段上面来考察班子，说他退下来之后，要提上一个来，征求他的意见，他有点举棋不定。说句心里话，他真心喜欢的是小张，小张虽有点死板，但办事牢靠，有什么知心话儿也能给他说。有时也遭他的当面顶撞，但结果往往是小张正确。当生命就要走到尽头时，林局长就有点格外想念小张。

　　说曹操，曹操到，想小张，小张就来了。他一脸的沉静，带来了两盒特效克癌宁，说是托朋友刚从广州捎回来的一种新药，对抑制癌细胞扩散有奇特效果。

　　林局长一愣，以往是推测，现在明明白白知道了自己的病症，他还是有点受不了。此时，他怔怔地看着小张，甚至有点怨恨小张给他暴露了实情。

　　于是，就出现了不愉快的局面。

　　空气紧张得不能再紧张时，小李也来看林局长了。他拎来了大包小包的营养品、营养药，满头沁着汗珠，放下东西，就像个推销员似的介绍着各种物品的营养价值。介绍完，又语重心长地说："林局长，好好养病，出院后，全局人马还等着你带领大家开拓新局面呢！"

林局长就苦笑了一下："别说那美丽的言辞了，我马上就要进火葬场了，开拓新局面也只有到马克思那儿开拓了！"

小李看了一下小张，觉得气氛有点不对。

小张说："我给林局长带来了两盒……"

没等小张把话说完，小李立刻怒道："胡闹，为什么带这种药？谁告诉你林局长是癌症？！"

小张说："都到这份上了还欺骗他！"

小李转向林局长："别信他的，我已从主治医生那儿了解到，您根本不是癌症，前一段也只是怀疑而已。如果是癌症，到了省医院还能让您回来吗？！"

林局长第一次觉得小李的话那么中听，心里顿时升起一缕朝霞似的，美丽的前程又呈现眼前。他甚至觉得自己病好后，应该干点开拓性工作，并在实际行动上纠正自己对有的同志的偏见。

小张、小李走后，林局长想了许多问题，精神也明显好转。

之后，小张再来看他，再没带克癌宁之类的药品，也带来了营养品之类的东西。林局长笑脸相迎，小张还是一脸的沉静，林局长心里就骂他一句：死脑筋。

一个月后，人事部门的同志拿来了一张提拔一名副局长任局长的表，再次征求林局长的意见，林局长就毫不犹豫地写上了小李的名字。

部里的批文下达得很快，没过一星期，小李就坐上了局长的位子。当了局长的小李再来看林局长就更热情，拎来的包儿更大了。林局长心里很高兴，自觉没有看错人，有时也自责，大是大非面前却感情用事。

就在小李当局长十天后，林局长病情恶化，医院下达了病危通知书，上面清清楚楚地写着：癌症后期。

当天夜里，林局长就进了太平间。

在林局长遗体旁，小张泪流满面，说："克癌宁是一种新药，若林局长服用，说不定有救呢！"

小李局长怒视他一眼："都到这份上了，还说什么呢？真正政治上的不成熟。"

　　林局长"走"后，局里的工作依然像以前一样平稳，太阳依然每天从东方升起，夕阳依然每天从西方落下。只是林局长的办公室成了李局长的办公室，过去的林局长现在成了李局长。有人来请示工作，说顺了嘴，仍叫林局长时，就自找台阶下："操，我怎么这么没记性呢！"

童 戏

　　我们几个小朋友一放学就爱玩游戏，玩捉迷藏、弹玻璃球、过家家什么的。过家家时，都是我扮新郎，小芹扮新娘，小建不是扮新娘哥，就是扮吹鼓手，永远也扮不了新郎，因为他的鼻涕流得老长，小芹看不上他，说他扮新郎，亲热时还怕沾一脸"蝗虫"呢！

　　自从小强家搬进我们院，我们就不玩过家家了。小强爷爷是市政府里的大干部，所以小强在市重点小学上学。大家都高看他，做游戏也听他的。小强说："过家家没意思，不如演大戏。"我们都同意，于是，就演八路军打小日本。小强自然是八路军的指挥官，他看上了小芹，就让她演女八路。我有时演特务，有时演八路军的联络员，只有小建演小日本。每次，戏演到高潮，都是小强的手枪"叭"地一响，小建就应声倒下，噙在口里的红墨水吐了一地。小芹就舞着小红旗高喊："我们胜利了，我们胜利了！"小建从地上爬起来，就很是沮丧。

　　后来演烦了，小强说："我们演宫廷戏吧？"我们都说好。于是，小强就演皇帝，他戴上用纸糊的皇冠，坐在一块大石头上，高抬着头，不正眼看我们。小芹就演皇后娘娘，坐在小强一边。我演大臣，只让小建演太监。上朝时，我就跪在地上高呼："吾皇万岁，万万岁！"小强就拉着长声说："爱卿平身。"我就说："谢主隆恩。"然后站起来，听候圣谕。小建站在小强一旁，小强一会儿支他干这，一会儿支他干那，小建就狗颠屁股似的围着小强转。直到小强皇威耍尽了，戏也演累了，就宣布散朝。我和小建都觉得演这戏没意思，想演别的戏，小强却不同意。

又一次演宫廷戏时，小建与小强发生了冲突。小强写了一道圣旨让小建给我宣读，小建就站着不动。小强急了，就冲小建说："听见没有？再不宣读圣旨，我就有新圣旨：太监小建抗旨有罪，把他拿下去，重打五十大板！"一听这，小建气就不打一处来，顺手拿起一根棍子就朝小强打去，一边打一边骂："日你个姥姥的，打我？看谁打谁！今天，我非教训教训你这个土皇帝不可！"一会儿，小强头上就起了两个血疙瘩。他丢下皇冠就往家里跑，边跑边说："我回去告我爷爷去，让你吃不了兜着走！"

我和小芹都吓得不知所措。

小建就英雄人物似的哈哈大笑。

这天夜里，我一晚上都没睡好觉，真不知这事会引出什么结果呢！

可是，事过之后一个礼拜都风平浪静。后来，我才知道，小强爷爷出事了，不知犯了什么法，被撤了职，关进了大狱。

B 画家发迹记

一场官司打下来，B 画家就得到了 300 万元的赔款。这件事在 S 市书画界不亚于放了个原子弹。一时间，舆论大哗：

"什么狗屁画，能值 300 万！"

"小子真走运，瞎猫碰上个死耗子！"

……

接下来，B 画家就花几十万元买了一套高级住宅，又花十多万进行装修，还购买了成套的豪华家具。

细心人便悄悄打探 B 画家发迹的来龙去脉。

B 画家有个哥哥是 X 国著名画商。两个月前，B 画家由他哥哥周旋，应邀到 X 国参加新国王加冕典礼仪式。去前，他得知新国王属龙，就画了一幅"巨龙戏珠图"，打算作为礼品献给新国王。

到达 X 国后，他就住进了著名的天上人间大酒店。

当天，又在一家有权威的报纸上登载了他的润笔费：一幅画最低售价 300 万元。以此证明他送给新国王礼品价格的贵重。

不想，当天晚上，这幅画就丢失了，丢失得莫名其妙。

虽惊动了国际警察，但也没查出个子丑寅卯。

结果，因礼品丢失，B 画家也没心思参加新国王的加冕仪式了。

回国后，就在 B 画家闷闷不乐时，收到 X 国的赔款。

去 X 国虽未如愿，也算发了一笔财。过去，他的画售 100 元也没人要，这件事后，似丑媳妇穿上了大红袍——一夜之间红得发紫。

从此，他的画在 S 市也身价倍增，一幅画售个千儿八百也尚属小菜。

B 画家大发了。关于他的说法也越来越多。有人说，B 画家发财不在画技在心计。有人说，B 画家那幅"巨龙戏珠图"根本没有丢，是他夜里悄悄在酒店的卫生间里烧掉的！

寻找济公

章作家心仪蓬莱有两个原因：一是他从小就着迷八仙的传说；二是他成名后，这儿有个崇拜他的女读者多年来同他保持着书信来往，并希望有机会见到他。一想起这个女读者，他心里就痒痒的，甜甜的。

单位组织去蓬莱旅游，正合了他的心意。旅行社为了拉生意，说可以带家属，并且优惠收费。于是，他带着他的宝贝儿子，一同前往。

去之前，他就悄悄给那个女读者打了电话，约定到蓬莱第三天上午，在蓬莱阁见面。

到达蓬莱第一个旅游点是一个千年古寺。进寺后，首先看到是一座数十米长的 500 罗汉浮雕。导游小姐卖了个关子，说这 500 罗汉中有一个是大名鼎鼎的济公，请大家找找看。若实在找不见，最后可由导游告诉你。好奇的章作家便同儿子一起找起了济公。罗汉一个比一个高大，一个赛一个精神。章作家同儿子从头找到尾，也没找到济公的影子。

怎么回事？一个名扬古今的大人物咋就找不见呢？他会躲到哪里去？于是，他们从尾返到头再次找，仍不见济公。

章作家请导游小姐指点迷津。导游说，你不要光找场面上的罗汉看，更不要光瞅大个的罗汉，说不定济公是个小个子，躲在什么不起眼的地方呢！听了导游的话，他们就光拣旮旮旯旯看。果然，在两个大罗汉夹缝间，找到了那个熟悉的面孔，还有他手中那把破芭蕉扇。章作家百思不得其解，怎么一个专为人们做好事，活在亿万人们心中的大人物就占这么一点位置呢？

再看其他景点，章作家就一直走神，他在心里为济公鸣不平。

第三天游蓬莱阁。到达后，他草草看了几眼景观，就看着手机上的时间，等待心目中最美好的时刻——见那个梦中不知想了多少次的女读者。此刻，手机响了，一个甜美的声音传过来，正是她。

她说就在蓬莱阁正面的 100 米处，问他在哪里，怎么看不到老师头上那顶"赵本山帽"。章作家愣半天，无言以对，回眸一望，不远处一个头戴太阳帽，身穿白纱裙，亭亭玉立的女郎，拿着手机正四处张望。

他急忙摘下头上的"道具"，与儿子耳语一番。

儿子十分理解他，高兴地点着头，然后迎着女郎走去。

他告诉女郎，他是章作家的儿子，章作家因临时变故提前返程了。来日方长，今后总有见面机会的。女郎失望地走后，章作家才同儿子十分轻松地游玩。

回来后，章作家对儿子说，这次旅游最大的收获就是寻找济公。在济公身上，他看到自己的影子，所以才决定不见那女郎的。

儿子说，这很好，你是个作家，多写读者喜欢的作品就是了。像一只母鸡，只要下好蛋就够了，何必让吃蛋的人去了解是黑母鸡还是白母鸡呢?!

储 蓄

三十岁的张一经商开饭馆。三十岁的李二也经商开饭馆。

张一的饭馆在贸源电器行的左面，李二的饭馆在贸源电器行的右面，它们像两片耳朵，紧紧贴在贸源电器行的两旁。

同一天开张，热闹的鞭炮将顾客推进了两家的饭馆。

张一家的菜品不错，味道很好；李二家的菜品同样受顾客青睐。

一年后，三十一岁的张一靠饭馆有了一小笔存款。为了节省饭馆开销，他偷偷使用劣质食品。张一和老婆每天都盯着存折，盼望着上面的数字能像小树一样快快长高。

三十一岁的李二却没有存款。他挣下的钱不是买了优质蔬菜和肉类，就是装修了店面。

张一的脸有时像一块冰，一天一个乞丐进了他的饭馆，被泼了一头泔水，撵了出来。

李二的脸却常常是一团火，张一撵出来的乞丐在李二饭馆前徘徊，被李二请了进去热饭热菜招待。

慢慢的，张一的饭馆连亲友也不光顾了，李二的饭馆却依旧顾客盈门。

两年后的一天，电器行半夜失火，等消防队赶去救时，不仅电器行烧光了，连两个"耳朵"也跟着"沾了光"。

三十二岁的张一和老婆哭得昏天黑地，除了她手中的那张存折，他们还有啥呀？

没有存款的李二却很快建起了新餐馆，装修得很不错，顾客更多了。

又是八年一晃过去，四十岁的李二饭馆开了几家连锁，张一和老婆却在人家的门口打烧饼。一脸疲惫的张一常常叹息："咱家的存款什么时候能赶上李二的零头呢？"

就在张一患红眼病的时候，李二向慈善机构捐款四十万元。张一夫妻就背地里骂他，真是十足的傻帽！

而今，已到不惑之年的李二夫妻却很明白：人生存什么？说来说去，存钱不如存友谊、存爱心，存对他人一个大大的善字。

埋 没

作家王友铭住在单位的文欣斋家属院。自从长篇小说《说三道四》出版，引起社会关注后，他就像热锅上的蚂蚁，整日被炙烤得难受。

因他成了名人，大院里的人几乎都认识他。一出门，就像名演员登场，人们向他行注目礼，给他打招呼。认识不认识的，他都要认真地点头、回话，稍不注意，便有流言蜚语袭来："瞧，那就是大作家，看见他摆谱了吧！""作家又怎么了？哼，不也是两个肩膀扛着个头？！何必鸭子掉进茅坑里——臭踆呢！"

唉！做名人累呀！

他决定搬家，搬得离文欣斋越远越好。于是，他和住在某大杂院的一个老同学调换了住房。

搬进新居，心情一下子变了，像笼中鸟儿放归天空。周围的人不认识他，他也不认识周围人，再用不着没屁扯风地应酬了。每天早晨，他穿个大裤衩子，在院中心小花园体育器材前锻炼，一会儿跳木马，一会儿翻单杠，直练得浑身冒汗，才回家吃早饭。早饭后，坐在电脑前，敲他的新长篇《人过中年》。心情愉快，艺术细胞便十分活跃，不到中午，就能敲出一两万字。然后关机，伸伸胳膊踢踢腿，哼一支小曲："我们的生活充满阳光……"

大约在新居住了三个月的时候，40万字的《人过中年》就杀青了。沉淀了一段时间，又做了一次修改，就将新出炉的大作寄往出版社。轻车熟路，很快得到出版社总编的认可，再度推向社会。于是，王友铭像入锅的大虾——再一次被炒红了。

又一圈劳累开始了。人们关注他，问候他。他再次应酬，点头、回话，认识不认识的都主动向人们打招呼。

王友铭决定再次搬家，搬得离市中心越远越好，人群越稀的地方越好。他想，作家像一粒种子，应悄悄埋在沃土里，慢慢享受滋润、发芽、出土、生长的过程。一旦收获了果实，就要将种子埋进新的土里，进行新的"孕育"。

父亲与女儿

　　张记书与女儿张可参加完一个文学研讨会，返程时，女儿提议，这儿离杭州不远，我们何不顺路看看西湖呢！张记书虽多次来杭州，但陪女儿来，还是首次，就一口答应了。

　　玩完西湖，在湖边一家饭店吃快餐时，女儿一眼瞅见距饭店不远的岳飞庙，就又提议，饭后去庙里看看，再回味一下南宋那段令人难忘的历史故事。那时，女儿在大学读新闻系，并对历史很感兴趣。

　　走进庙门，首先映入眼帘的是岳飞那高大的坐像，坐像上方书写着岳飞那首著名的《满江红》。张记书首先感叹了一番。

　　接着，他们看到的是秦桧和他的妻子跪在岳飞面前的铸铁像。许多游客正边骂边往秦桧铸像上吐唾沫。当张记书也要走向前去骂秦桧吐唾沫时，女儿一把拉住了他，之后便是久久的沉思。张记书就看一眼秦桧像，看一眼女儿，不知她在想些什么。此时，女儿自言自语道："秦桧好可怜呀！"

　　张记书不解，问道："千古罪人，有什么可怜的？"

　　张可反问："秦桧是代表谁去陷害岳飞的？"

　　张记书答："代表他自己吧！他嫉贤妒能。"

　　张可说："不对。如果没有皇帝老儿的背后指使，秦桧他敢吗？"

　　张记书亦陷入沉思。

　　张可接着说："我说秦桧可怜，是因为他在给人背黑锅，替皇帝当替罪羊！可愚昧的国人，却一代一代只恨秦桧，不恨皇帝。岂不知上梁不正下梁才歪呀！

秦桧可怜，国人更可怜。秦桧一天不站起来，国人就永远在地上趴着！"

张记书张半天嘴，不知说什么好。

他们的对话被身边的人听到了，有人不解地打量着这个貌不惊人的小丫头，似看外星人。

回来后，张可写了一首诗，题目叫《品古》。诗中有这样的句子："岳飞的冤案平反昭雪了，可秦桧的冤案，仍像破碎的纸屑，在历史的长河中飘荡！"诗歌在海外一家报纸副刊发表后，70多岁的老主编寄来样报的同时，还给张记书写了一封信，信中很是感慨地说："我已是古稀之人了，也写了大半辈子诗，就凭孩子这首诗，我应恭恭敬敬称孩子一声老师！"

从此，张记书便常常对人说，我老了，思想赶不上趟了，寄希望于孩子吧！他们这代人厉害，什么都敢想，什么都敢说，什么都敢干。说不定他们想的、说的、干的，就代表祖国的明天呢！

珍珠情缘

　　妻子有一条珍珠项链。每当她戴在脖子上的时候，我心里就说不出是什么滋味。是快乐，是酸楚，更多的是一段刻骨铭心的回忆。

　　大四的时候，我疯了似的爱上了我们的校花——馨。她的美貌像她的名字一样，充满了内涵。我知道，追她的男生起码有一打。她虽未明确表态，但喜欢的也有三五个。说实话，我真说不准我是否在这三五人之内。于是，便试探着向她进攻。隔三差五送一支牙膏，送一块香皂，送一束花儿，最后送了一条珍珠项链。不想，牙膏、香皂、花儿，她都收下了，而项链说什么也不收。并说，她已有了一条类似的项链，不信，就戴上给我看看。

　　第二天是情人节，她果然戴着一条珍珠项链来上课。后来，我才知道，这条项链是我们班长喜送给她的。喜很内向，平时办什么事都不显山不露水的。那时候，我除了对他恨，就是对他嫉妒。那小子人长得比我帅，各门功课成绩也比我好。

　　背地里，我不知流了多少次眼泪。并暗暗下决心，在功课上超过他，以实力同他竞争。我心里说，馨一天不同你领结婚证，她就有可能最终扑进我的怀抱。

　　对待馨，我除了一些礼节性的关心，并不再表示多少热情。我像个暖水瓶，内热外冷。这也是向喜学的。似乎，馨更喜欢这样的男孩。我表面没有热度了，馨对我的笑反而多了，那笑像一朵朵康乃馨，常常开在我的梦里。这大概就叫距离美吧！

　　那年夏天，学校组织去泰山旅游，馨未忘记我，专门问我去不去，说去的话，就一块走。我自然高高兴兴地答应了她。不想，第二天启程时，一块去的也有喜。而且，馨的脖子上还戴上了喜送给她的珍珠项链。弄得我心里好别扭。她戴着喜的项链，说明喜在她心中还占着未来白马王子的位置。

我真想一气之下不去了。后一想，不去不等于放弃竞争、白白拱手相让了吗？于是，我把气愤埋在心里，把笑容挂在脸上，一路上，只要喜不死死跟着她，我就有一搭没一搭帮她一把。

下山时，发生了一个小故事，为我们的爱情埋下了伏笔。走过中天门，太阳已西斜了，未到山脚，天已擦黑了，大家以说笑来驱散身上的疲倦。不想，馨一声惊叫，终止了大家的说笑声。她脖子上的项链，不知怎么串珠的绳儿断了，珠子散了一地。慌得大家急忙打开手电筒，帮她寻找。你一颗我一颗，一会儿就找到一小把。我也帮她找到了五颗。当我把这五颗珍珠送到馨手上时，从她的笑容中我读出了另一层意思。大家忙碌了一阵子，多数珍珠找到了，一数还差两颗。大家又接着找，喜突然说，他又找到了一颗，最后只剩一颗了。馨说，要不算了！喜也说，算就算了。我却仍然打着手电筒在石缝里寻找。大家下山了，我仍不想走，馨过来拉我，我说，你们先下去，我再找一会儿。馨再次来拉我，我推说，你们走吧，我一会儿方便一下就下山了。

第二天天刚亮，馨就一个人找来了，见到我，脸上挂满了感激的泪水，说，你怎么一晚上没下山？真急死我了！当我把最后一颗珍珠捧在她面前时，更换回了她一大串珍珠般的眼泪。她扑在我的怀里，好久才说，你怎么这样傻呢？我说，我怕天亮了，人们把那颗珍珠捡了去。

以后的故事自然不用多讲了。

下山后，我与馨的爱情便有了质的飞跃。再后来，她就与喜闹掰了。

大学毕业后，我们就结了婚。新婚之夜，再回忆起那次泰山之行，若不是我的一个狡黠的笑，她就把那串项链扔了。结果，她又收了起来。

向大家说一句至今没向妻子说的话，那最后一颗珍珠，我是在大家下山之前就捡到了，只是悄悄藏了起来，不愿马上交给馨罢了。

鸳鸯鞋垫

　　早晨，我到菜市场买菜时，当年我下过乡的村里一位卖菜的老汉告诉我，他们村的小芳前天去世了。还告诉说，她半年前检查出了癌症，吃药打针不见效，就住进了县医院。一住两个月，竖着进去，横着出来，归了西。一七时出殡。

　　老汉的话顿时让我的心里翻江倒海。这一天，我都丢了魂似的。算来小芳还不到 60 岁，怎么就走了呢！

　　第二天，趁妻子出门打麻将，我打开尘封多年的小箱子，拿出那双时常浮现脑际的鸳鸯鞋垫，又买了些冥币，去为小芳奔丧。

　　坐在奔驰轿车里，奔驰在高速公路上，眼前过电影似的。一会儿是那双鸳鸯鞋垫，一会儿是小芳那圆月似的面庞。小芳与后来李春波唱的那个《小芳》没有两样，漂亮的面庞上除了镶嵌着一对明亮的大眼睛，也有一双大辫子，而且细又长。当我第一眼见到她，就被她的美貌和气质吸引了。她上穿一件绿军褂，脖子上围一条红头巾，被风一吹，活脱脱一株盛开的美人蕉。她有个要好的朋友叫小芬，除了眼睛小一点，挑不出别的毛病，也是个美人坯子。两个人好得像一对亲姊妹，又都是初中毕业的回乡知识青年。我们在一起很是开心，一起劳动，一起开会学习。下雨下雪天，就在一起聊大天讲故事，憧憬着美好的未来。一转眼就是两年。两年间，我早读懂了两个姑娘的眼神。说真心话，我心里装的只有小芳。小芬似乎也看透了我的心思，当我和小芳说话时，她就沉默不语。有时小芳给我点好吃的，怕她娘发现，就让小芬转给我。小芬似乎很愿意干这事情，每次拿来好吃的，她都看着我吃完，好像那东西是她送给我的。以至在那特殊的岁月，我常常能享口福。所以，在我心目中，小芬充当了我和小芳的红娘。我有时赶集赶会，买两份礼品，送每人一份，但主要为了小芳。送小芬仅仅是出于面子，怕她产生自卑心理。

当我收到返城的通知，要走的时候，全村的男女老少都来为我送行。我在人群中寻找着，唯独不见小芳的身影，以至车要走了，也没见到她的面。倒是小芬慌慌张张赶了来，我问："小芳呢！""她，她……"小芬结巴半天，也没说出个所以然。见车要开了，她匆匆塞给我个小布包，我问："是小芳送我的？""哦……"没待小芬回完话，车就起动了。车行了一会儿，我悄悄打开布包，是一双绣着一对鸳鸯的鞋垫。我心里说，东西都送来了，心意就到了。她不来送我，一定有难言之隐。

一回城，我就忙碌起来。先是忙着找工作，安排工作后，又是培训，又是到外地学习，一转眼就是一年。多次想回村看看小芳，都抽不出时间来。思念她时，就拿出鞋垫看看。后来，每天都被没完没了的工作纠缠着，已无暇去想村里的事了。两年后，父母包办为我订了一门亲。我虽不大同意，但看在女方父亲是单位的领导的份上，为了前途，我什么也没说就默许了。

在以后的日子里，虽然也常常想到小芳，可心里说，我都成家了，还有什么资格去想人家呢？

日月像穿梭，一晃就是几十年。当年的黑发小伙已成了两鬓花白的小老头。工作闲暇时，我就冲着那个村庄默默祷告，祝小芳有个好归宿，能过上好日子，退休后一定去看望她。谁知还没去看望她，她就归了西！

我来到村里时，村子已有些不认识了。当年的知青小屋不见了，取而代之的是一排排新瓦房。进村的土路也变成了柏油路。小三马嘚嘚嘚，不停地进村出村，屁股后再没有当年大车走过扬起的昏黄的尾巴了。

小芳的灵堂就设在村头打麦场上。当年，我们在这儿打麦、打谷，有时还像小孩子一样，绕着麦秸垛捉迷藏。灵堂前摆满了花圈，灵堂里挂着她的遗像，一个典型的农村老太太，脸上布满了皱纹，细看还能辨出当年的影子。她的棺材早已按农村的风俗封了口，想看一眼她的遗体已不大可能，我只好在她的灵前烧起了冥币，并快速拿出那双鞋垫趁人不备投进火里。就在火舌吞噬它的时候，有人拽了一下我的衣角。一回头，是一个老太太。细瞅，是当年的小芬。看到她，我心里说不出是什么滋味。

吊完丧，就要离开时，小芬撵上我，说："多年不见了，到家坐坐吧！再吃顿农家饭。"

我犹豫着，多年不回村，甚至连一封信也不写，怎么有脸去人家吃饭呢！就谢绝了。

小芬见我执意要走，就一路送我。要出村时，她突然说："人死不能再活了。你也别再牵挂她，为她伤心啦。其实……"

小芬的话吞吐起来。

"其实什么？"我问小芬。

小芬瞅我半天，说："我看得出，你当年是很爱小芳的。其实，她的心思并不全在你身上。她一边拽着你，另一边拖着二柱子，也就是她现在的丈夫。你走后，她同二柱子结了婚，开始还是满幸福的。后来不知道怎么她就变得魔魔怔怔地了。"

"既然她心里装着二柱子，那她为什么还送我鞋垫呢？"我问。

"那鞋垫是我送你的，"小芬迎着我的目光，"还有当年那些吃的东西。"

哦！我双手紧紧握住小芬的手，泪水再次流了下来……

敖包深情

　　我和妻子艾青云刚刚度过 30 周年结婚纪念日，就被山城市妇联举办的和谐家庭年度评选委员会评选为优秀夫妻。面对电视台的采访镜头，往事情不禁再现眼前。

　　我和青云都是"文革"中的下乡知识青年。她来自保定女子中学，我来自天津25 中学。下乡的地点，都是千里之外的内蒙古锡林郭勒大草原一个叫打狼营的屯子。当时，她只有 16 岁，我比她大 3 岁，19 岁。共同的命运，使我们走在了一起。进屯后，第一次划分放牧小组，我们就分到了一个组。从此，白天一同赶着羊群放牧，晚上就在夏营盘铺一张羊毡，同羊儿睡在一起。日子久了，青云那张不断变黑变粗的娃娃脸，就深深印在我的脑海里。当放牧小组重新划分，她被分到别的小组时，我还真有点舍不得她离开呢！于是，在一个月明星稀的夜晚，我约她到离屯子最远，也是最大的一个叫红圪塄敖包相会。这里虽然少了点城市爱情的浪漫，却多了几分草原的沉静与从容。我们望着天上的圆月，思念着远方的亲人，同是天涯沦落人，使我们紧紧地拥抱在了一起。

　　之后，我家寄来什么好吃的，我都偷偷分一半给她品尝；她家寄来什么好东西，她也不忘了悄悄留一些给我。我们经常约会的地点，自然还是那个红圪塄敖包。

　　红圪塄敖包，成了我们爱情的发源地和见证地。

　　电视主持人采访我们的话题是："你们夫妻数十年如一日，相敬如宾，那爱情的基础是怎么打下的？"

这自然又使我想到了那个敖包。当我们在敖包相会数次之后，我出于好奇心问一位蒙古族额吉（大娘）："敖包是怎么形成的？又是干什么用的？"额吉的回答使我大吃一惊，她说："敖包就是蒙古族的坟墓。小敖包就是一般人的坟墓，大敖包就是有名望人的坟墓。比如我们屯的那个最大的红圪塔敖包，就是古时候一个名叫巴特尔的民族英雄的坟墓。"闹半天，我们频频约会的地方，原来是一座坟墓呀！

后来，当《敖包相会》的歌儿唱遍大江南北的时候，有人问我这个曾在内蒙古插过队的知青，什么叫敖包时，我就卖个关子，反问：你猜猜看？对方往往猜成蒙古包。我一旦说出答案，对方就瞠目结舌。

当年，我知道了敖包的实情后，就想改变约会的地方，可青云不同意。我犹豫再三，还是听从她的。心里说，有什么可怕的，不就是一个坟墓嘛！再说，这也正是考验我对青云爱得深浅的试金石，验证一个真正男子汉胆量的好机会。

再在敖包相会，便有了一种新的感觉。青云紧紧依偎在我的怀里，我呢，紧紧靠在敖包上。天上的月亮轻轻地照着，我们的脉搏嘭嘭地跳着，别有一番滋味在心头。有一次竟忘了时间，我抱着青云睡着了，直到第二天早晨，月亮西沉，太阳升起，照得我们身上暖洋洋的，我们才醒来。

两年后，我们一同调回了城市。因我们的爱情成熟了，为了能在一起工作，她没有回到出生地保定，我也没有回到日思夜念的天津。根据工作需要，我们一起到了离内蒙古最近的山城市，并且同时分配到一个科研单位，研究改良羊的传宗接代问题。

电视主持人接着问我们："你们是如何使爱情保鲜的？当你们在生活中遇到挫折和矛盾的时候，又是如何解决的？"

这使我想到了我们的新婚之夜。那正巧又是个月圆的晚上，月亮偷偷地爬上我们的窗子，窥视我们的秘密。我突然问青云："知道敖包里是什么吗？"

青云反问我："你说里面是什么？"

我说："我问你呢！"

青云就笑笑说："不用考我，我早知道，里面是死人。"

我接着问："那时，我们经常到埋死人的地方约会，难道你不害怕吗？"

青云说："有什么害怕的！只要和你在一起，我就什么都不怕。我想，爱情不但需要力量，也需要胆量呢！当我们一直敢在敖包相会，我就感到我们的爱情一定会长久的。我们定能携手走在人生的道路上，互相扶持，慢慢变老，最后像敖包一样，画上生命的句号。"

　　青云的话，使我非常感动。所以，在以后共同生活的日子里，无论遇到什么矛盾和挫折，一想到敖包相会，便迎刃而解了。

　　我们的回答，主持人很满意。

　　节目播出后，大受欢迎。从此，我们似乎成了名人，走到哪里，都会遇到人们羡慕的目光。

腊 梅

1976 年冬天，塞外的白毛风刮得特别邪乎。然而，也许是粉碎"四人帮"的喜讯一直飘荡在每个战士的心海里，大家心中的热浪提前催开了军营那株老梅树。这一年，树上的花朵格外稠，也格外艳，红艳艳的梅花与战士们的红领章、红帽徽媲美。

为了提高警惕，保卫祖国，练好杀敌本领，连队决定在春节前，打一次靶。一个风沙弥漫的早晨，全连战士在连长的带领下，开进了靶场。说是靶场，实际是个山窝窝，背靠一座山，以阻挡子弹伤人。这座山，当地老百姓叫它草帽山。山下有个村庄，叫靠山庄。

来到靶场，检靶员小红旗一摆，打靶就开始了。因我是团里的神枪手，连里每次打靶，都让我试枪。三发子弹打过，检靶员连报三个十环，高兴得连长合不拢嘴。打完九发子弹，一合计，我共打了八十八环。

第二个战士出列。当他做好射击准备，刚要扣动扳机，突然，检靶员挥舞起停止的小旗。

连长高声问："什么事？"

检靶员用小旗向东北方向一指，大声说，大约二百米处，有个姑娘在喊救命。

连长下达了停止射击的命令，就和检靶员一起跑向那个姑娘。原来姑娘被一颗穿过靶心，撞在石头上的飞弹打伤了。

我也急忙赶过去。此刻，检靶员背起姑娘，就急不可待地向驻军医院奔跑。

我看到姑娘腿上还向外滴着血，一滴一滴滴到地上，像一朵朵梅花。

姑娘被背到医院一检查，还好，没伤着骨头，子弹是从她右腿肚子上穿过的。

之后，每次连长去看她，都带上我。每次去，我都拿出自己的津贴，买些礼品，以示向姑娘赔罪。

一周后，姑娘的伤口就基本痊愈了。当连长问她有何赔偿要求时，她一个劲地摇头，然后，把热辣辣的目光投向我。吓得我急忙低下头。

连里决定赔她五百元钱。那时五百元钱，是个天文数字哩。连长把五百元塞进她手里，她哭着又把钱推回来，说什么也不要。连长说："不要钱，要什么？"

姑娘看我半天，羞答答地说："谁打了我，我就要谁！"

连长很是吃惊，抓半天头皮，看着姑娘冲我说："这我做不了主。一是要看他的意见，二是还得请示上级。"

说真心话，此时，我心里真像打翻了个蜜罐子，咕嘟咕嘟冒甜泡儿。

那天晚上，连长找我谈了两个多小时话，问我：怎么办？我说：服从命令。那时，战士是不准在驻地谈恋爱的。

于是，我因祸得福，连里立刻向营里打了提升我为一排长的报告，一周后就批了下来。

当军营里那株老梅树的花，还未开谢的时候，我就成了亲。

战友们一边喝我的喜酒，一边开玩笑："真不愧是个神枪手，一枪不但打来个老婆，还打来个排长！"

……

人生如梦，一转眼就到了中年。儿子如今也成了一名解放军战士。当年的山姑，鬓角早已添霜。我常常摸着她腿上那个枪疤，心里就又开了一朵梅花儿！

美丽的错

对于这个"错"字，我是很有好感的，因为做错一件事，未必就是坏结果。我年轻时就做错一件事，却受益终生。每每想起，我都窃喜，打心眼里感谢月下老人乱点鸳鸯谱。

1972年，我在解放军某部服役，部队驻在深山里，执行战备施工任务。那一年，我已是超期服役的老兵了。超期了，就可以找对象结婚了。因我是个战士，按规定是不允许在当地谈恋爱的。于是，老家就给我介绍了个叫张春梅的姑娘。她把照片邮过来，我把照片寄回去，双方看了，没啥意见，就算订婚了。通了几封信，就如干柴烈火，烧得双方心里难受。半年后，正是"八一"建军节，我就通知春梅来部队结婚。

连长很关心我们的婚事，因他当过团长的警卫员，一个电话打到团里，就借来了团长的吉普车，拉我去车站接对象。一路上，我心里像揣了个小兔子，蹦蹦跳跳的，幸福得浑身每个细胞都陶醉了。我不住地瞅镶在小镜背面里的春梅照片，心里说，照片马上就变成一个大活人了。

征得车站领导的同意，吉普车直接开进了车站里。火车一停稳，我就看到了个穿红袄的农村打扮的姑娘下了车，她手里拎着一个红包袱，东张西望的，一看就像个新媳妇。我走上前问她："您是春梅吧？"她俊秀的脸顿时羞涩成一块红布，腼腆地"嗯"了一声，问："您就是保国？"

我一边点头，一边接过她手中的包袱，扶她上了吉普车。司机小王早瞪大了眼睛："嫂子真漂亮，保国哥好有艳福呢！"

123

此时，我细细打量着春梅，双眼皮大眼睛，柳叶眉悬胆鼻，白里透红的圆脸庞，像个熟透的大苹果，比照片还漂亮。我越看越想看，越看越喜欢。偶尔四目相对，我便像个贼似的急忙躲开她。

司机将我们拉到部队的简易招待所，几个战友早为我们布置好了新房，门上不但贴上了大红喜字，还在门框上贴了一对俏皮的对联："新婚之夜瞪大眼，结婚不忘帝修反"，横批为"革命伴侣"。

春梅一到，战友们就把她围在中间，提前闹开了洞房。一圈绿军装，恰似片片绿叶，衬托着中间春梅这朵花，她显得更动人了。

第二天中午，我和春梅就又乘坐团长的吉普车，到当地民政部门办理了结婚登记，随后，就由连长主持，进行了结婚典礼。

新婚之夜，战友们一直折腾到后半夜才罢休。我和春梅上床时，驻地老乡家的雄鸡已叫过两遍了。我给春梅开玩笑："人家孙喜旺和李双双是先结婚后恋爱，看来，我们也得拜他们为师了！"春梅就嘿嘿地笑。她的憨厚相，使我想到小时候吃烤红薯的滋味。那时，我为生产队看青，夜里就偷刨地里的春红薯，然后在地上扒个坑烧着吃。烧熟的红薯咬一口干面细甜。

此时，我越发喜欢春梅了，和她拥在一起，浑身上下冒甜汁。

次日，我们才谈起了一些家乡的事情，我记得她是张家庄人，怎么现在变成了李家庄？！接着，我谈到我们的书来信往，春梅回答得驴唇不对马嘴。难怪结婚登记时，她在结婚证书上签名为"李春梅"，我还以为她一时疏忽写错了呢！

正当我为这件事理不出头绪时，连长让通讯员叫我到连部，说有急事。连长开门见山问我以前是否与未婚妻见过面，我摇了摇头。连长苦笑了一下，说："有可能你的婚结错了！"并告诉我，昨天，五七八团三连有个叫李保国的战士也结了婚，今天才发现搞错了。

于是，我们两对新婚夫妻，被叫到师部询问情况。一问，果然都弄错了。巧就巧在，我们两个战士都在三连当兵，他在五七八团三连，我在五七七团三连，又都叫保国，他叫李保国，我叫张保国。两个女的都叫春梅，一个李春梅，一个张春梅，又都在建军节来部队结婚，婚前又都没见过面。

此时，李保国一个劲地看本属于他的李春梅，我细瞅本属于我的张春梅，都不知如何是好。

　　说真心话，单从长相上看，李春梅比张春梅还漂亮。兴许，我们已成了一夜夫妻，我打心眼里不愿再换回来。就死盯看李春梅，求救似的想让她表态。果然她不负所望，目光扫射大家一圈，然后对帮助我们解决问题的师首长说："什么对错的，丈夫都是革命战士，结了婚就都成了革命夫妻了！"

　　我也不失时机幽了一默："就当发了一套新军装，型号不错就得了！"

　　帮助我们解决问题的首长扑哧一声笑了！

　　我想起几个捣蛋战士用《三大纪律八项注意》歌谱填的词："革命战士人人没老婆，要求上级每人发一个……"

　　果然，上级处理这件事，就将错就错了。我不知李保国张春梅是否满意，反正，我和李春梅十二分满意。结婚之后，如糖拌蜜，甜上加甜……

　　如今已过了二十多年了，我们夫妻从没红过脸。每每谈起这件事，都还沉浸在当年幸福的回忆中。

　　无巧不成书，更巧的是二十年后，我们的儿子也参了军，并且提了干；李保国和张春梅的女儿也参了军，在野战医院当上军医，他们两个成了幸福的一对。

　　莫不是，他们在弥补我们当年的过错吗？！

手

　　如果说宗爱上了丽的人，倒不如说是他爱上了她那双美丽的手。她的手指像她的两条腿一样长得修长，每根手指都像雨后出土的嫩笋，宗看了就入迷，就十分激动。

　　宗是个钢琴家，他想，如果丽也弹钢琴的话，一定会弹得很出色，可惜她的一双手当了两只桨，在商海里划船。

　　第一次约会，宗就说："丽，你弃商改弹钢琴吧！"

　　丽甜甜地一笑："我是那个料吗？"

　　宗说："是，就凭你那双手。"

　　第二次约会，宗再次赞美她的手，并感叹这么一双玉手不搞艺术，实在令人惋惜。丽再次笑笑，然后伸给他右手说："一个懂麻衣相的人给我相过手面，说我手上的财线很深，将来一定会发大财的。如果改弹钢琴，不就辜负了手上的财线吗？"

　　宗就久不言语，心里说，也是的，弹钢琴能弹出钞票吗？自己虽成了钢琴家，可每月还不是那有数的几张老头票，除了吃穿，连栋房子也买不到。就说："也好，如果我们将来成了家，一个搞艺术，一个经商，艺商结合也不错。"

　　丽就赠宗一个热吻！

　　丽穿着打扮很讲究，从上到下都是名牌。她出手大方，同宗认识不久，就给他从里到外换了"包装"。宗很过意不去，还未结婚，就让女方破费，这叫什么事呢！在感激她的同时，又觉得失去了男子汉的尊严。丽就在送衣服的同时，再送一个长吻，并说："谁让我爱上了你呢？"

宗心里就像爬上一只小蜜蜂，甜滋滋的。

他们的爱情发展很快，不到半年就如胶似漆了。宗的单位，丽不止一次来过，而她的单位却不叫宗光顾。她说，她在公司任总经理，不愿在结婚前就让她底下的人对她未婚夫评头论足的。她要在结婚时突然向大家宣布她找了个钢琴家，好让人惊喜一番！

宗本来就腼腆，就笑着说："好！"

宗常常觉得丽是个女强人，可又觉得她虽是强人，却又不乏女性的温柔，常能在她的眼睛中读出对他春风般的爱意。

高兴时，宗就为她弹钢琴。他最拿手的曲子是《梁山伯与祝英台》，弹到悲怜处，丽就泪流满面，说："我很怕这个曲子，我怕我们将来也是这个结局！"

宗说："不会的，不会的！我们又不是古人，谁会干扰我们的爱情呢！"

丽两眼红红的。临走，说要出趟远门，做成这笔生意，回来就结婚。宗就恋恋不舍地望着她说："早去早回！"

丽走后，宗像丢了魂似的，他盼着丽回来成婚。心烦时，就一改过去的脾气，逛街逛商场。一天，在逛市里最大的大世界商场时，突然看到一个熟悉的身影，像丽，她一改过去的服饰，挎着高级鳄鱼皮小包，在柜台前挤来挤去。她是出门回来了，又为自己买东西吗？突然，那双漂亮的手伸向一个外国人的口袋，就在钱包离开主人时，那美丽的手被另一只手钳住了，那是便衣警察的手，只听"咔嚓"一声，她的手就戴上了铐子。

宗心里一惊："丽……你？"

丽低下了头，随便衣警察而去。

半月后，丽再次找到宗，哭着说："我对不起你，我骗了你！你还能接受我的爱吗？我是真心爱你的！本来，我想干完这次就洗手，就嫁给你学钢琴，不想，就栽了……"她哭得说不下去了，伸过两只手，想再抱一次宗，宗两眼木木的，不知如何是好！

晚上，宗就以弹琴驱逐心里的烦恼，可怎么也弹不成调子，打开钢琴，原来断了一根弦！

情 梦

下午收到她的来信，搁浅了二十年的心一下子被感情的潮水淹没了。

晚上，躺在床上怎么也睡不着觉。二十年不见了，她该变成了什么样子？月亮透过窗子，泻进屋里一片白光。我们分手的那个晚上，好像也有月亮，开始亮亮的，后来便被云翳遮住无光了。

于是，我似乎变年轻了。

我们在京城相会。

她好像还是二十多岁的小姑娘，我还是二十多岁的壮小伙。我们一起游玩了大观园。贾宝玉、林黛玉成了我们滔滔不绝的话题。

她说："贾宝玉为什么那么懦弱，就不敢冲破旧礼教的樊篱，带着林黛玉私奔？"

我说："林黛玉为什么那么封建，连心里想什么都不敢表现出来？"

说完我们彼此久久对视着。

过了会儿，她说："如果你当年拿把刀子，逼着我跟你走多好。"

我说："我的天，当年你父母为你包办了婚姻，我去找你，你连承认我们的事儿都不敢，我若拿刀子逼你走，你父母不把我打进监狱才怪哩！"

她嘤嘤哭起来："如果人有两度青春该多好！"

我说："就是我们再度少年，怕也没那个缘分呢！"

她止住了哭，突然抱住我："吻我一下好吗？"

我说："吻又有什么意思，又不是二十年前！"

她说："那时候，我们为什么就不敢吻一下呢？"

我说："鬼才知道为什么？"

她说："你现在还写诗吗？"

我说："写。"

她说："那么，可以写一首《吻》吗？"

我说："可以的。"

我思索了会儿，念道："年轻时的吻／像钉子／一吻便钉住了终身／没有吻／便失去了缘分／现在的吻／像失效的胶水／吻一千次／也许粘不住一句诺言。"

她再次哭泣起来。

为了安慰她，我伏下身在她嘴边重重地"咬"了一口。

"哈哈哈！黑天半夜的，发什么神经！"妻大声笑骂着。

老天爷，怎么吻了她？昨天刚打完架。

我心里索然无味！

今天的天气阴转晴。妻一早上都笑吟吟的。

我挺可怜妻！

送你一束红玫瑰

当翔和雪在京城富豪大酒店相遇时，双方都惊奇地望着对方。

雪盯着翔屁股后的大哥大，心想，他竟然成了大款。

翔盯着雪丰满的身体上穿着时髦的连衣裙，心里说她竟然来当陪酒女郎。

一转眼就过去了三年，一千多个日落日出使他们都变了。翔回头望了一眼一同来的女秘书小倩，小倩一丝复杂的表情浮上面庞。本来，到这儿来的目的是请小倩，想将他们的关系向前推进一步的，没想到，一见到雪，他心里就如吞了个五味果，他心里真正装的还是雪。

小倩似乎看出了翔的神情，心里就很是不悦。

此时，翔就对小倩说："请你去买一束红玫瑰花来！"

尽管小倩不高兴，但翔的话就是命令，是不容违抗的，她就快快不乐地离开了酒店。

翔心里很不平静，往事如潮，奔腾不息。最难忘的是三年前那个黑色的七月，雪以优异的成绩考入京城一所名牌大学，而他却因成绩不佳名落孙山。就在雪起程去京的头天，他买了一束红玫瑰在她家门口等了一个晚上，她都没出来。一打听，才知她提前进京了。后来，那束玫瑰花就在他心里枯萎了。他想，怕是没这个缘分呢！

雪上了大学，他跳进了商海。雪的学业怎么样，他不知道，他却奇迹般地大发了！

有缘千里来相会，此时相见正是时候，翔虽然没有考上大学，却成了大款，这年头，谁敢说大款不能和大学生画等号！

翔底气十足，一扫三年前给雪送花的那个畏缩样儿。

他问雪："大学生活可好？"

雪就笑笑，说："好。"

他又问雪："大学毕业出来干什么？"

雪又笑笑，说："没最后定下来。初步决定给一个大款当秘书，就像你领来的那位一样。怎么样？"

他忙说："那么就到我这儿来吧！"雪仍笑道："有那个必要吗？好了，好了，不谈这些了！原想今儿个陪大款能弄两张老头票的，看来泡汤啦！"

翔一下子怔住了。

说话间，小倩捧着一束花儿回来了。她只瞅了翔一眼，就把花儿献给了雪："这是我们经理的一片心意，请收下！"雪接过花儿，不屑一顾："这花值二百块吗？"

于是，这顿饭就吃得极没味道。翔在两个女人眼波飘来飘去中度过了一个极难熬的晚上。

与雪分手时，翔甩给她十张老头票。雪就笑得分外甜。

回到住处，翔心里仍很难过。小倩是最了解他的，就调侃说："送人一束花儿，后悔了？"翔不语，眼睛潮湿了。

小倩就做了个鬼脸说："莫后悔，我买的那束花儿是假的，塑料的，那样的女人不配送真花儿！"

翔说："真的？"就一下抱住小倩，吻了一口。

第二天，翔就亲自买了一束鲜红的真玫瑰花送给了小倩。

小倩接过花儿，嗅了嗅，说："味道还鲜。不过，我不需要这廉价的东西。"说完，随手将花扔进了垃圾箱。

翔羞愧难言！

一张老照片

在我家的影集里，各色照片琳琅满目，然而，我最喜欢的却是一张老照片。它发黄的颜色见证着历史，也见证着一个与我甜美生活有关的故事。

1968年，我在北京某部服役，驻扎在深山里执行战备施工任务。每天披着星星上山，顶着月亮下山。星期日休息，然而心情并不愉快，整年钻进大山里，不见个女人，所以大家见只雌鸟都喜欢。无聊中，战士们就偷偷拿出未婚妻的照片悄悄看，以达到心理上的阴阳平衡。不知从哪一天开始，大家开始交换着看。

这一看不要紧，全班战士发现谁的未婚妻都没有班长的未婚妻漂亮。大家便悄悄按部队高级首长称谓，称之"一号"。再后来，发展到把全班战士未婚妻照片混在一起，闭上眼睛一个接一个来摸，谁摸到"一号"，算中幸运奖，当场唱一首革命歌曲。不知为什么，我的手气总是不错，老是摸到"一号"，就高兴地站起来唱歌。一来二去，由原来的公鸭嗓，竟唱成了班里的歌星。

那时，施工任务很重，上级要求每人每天平均打山洞进尺度一米，出土石三立方米。有一段时间，我们班的施工地段石质很硬，常常完不成任务。为此，班长很是挠头，他召开班务会，让大家出主意想办法。思来想去，谁也拿不出高招儿。调皮鬼李二嘎怪声怪调地说："要完成任务嘛，只有充分调动大家的积极性，要调动大家积极性嘛，只有奖励才行，奖励什么呢？物质的不稀罕，精神的嘛，可以来一点。来点什么呢？"说到此，他故意做出想一想的样子，然后说："我看谁干得好，是否可以吻一下'一号'照片？！"

他的话引起一片笑声。班长也笑了，笑罢认认真真地说出一个字："好！"

第二天大家施工干劲果然很大，当然，大家并不是为了吻"一号"照片，是班长的豪爽感动了大家。尤其李二嘎干得最出色，这天破格超额完成了任务，受到了连里的嘉奖。班务会上，班长表扬了大家，突出表扬了李二嘎。表扬完，班长不食前言，从口袋里掏出"一号"照片，交给李二嘎。李二嘎接过来看半天，没有吻，却突然大哭起来，哭得好伤心，弄得大家丈二和尚——摸不着头脑。事后，大家才知道，他的未婚妻早同他吹灯了，吹灯的原因是他只是个会打山洞的窝囊兵。人家几次来信索要她的照片，李二嘎赖着不愿还人家。

那天，大家心里都不是滋味。之后，再没人敢提看"一号"照片的事，怕惹李二嘎伤心。寂寞的日子，大家仍保持着偷偷看自己未婚妻照片的习惯，只是背着李二嘎。

我的未婚妻照片虽不漂亮，却是家里包办的。心里固然一百个不愿意，也是没办法。只是每日无奈去看，看完心里就如喝了一杯醋，酸溜溜的，就去偷想"一号"。

年底，部队安排我探亲。班长托我给他未婚妻捎回一套女军装。那是他出工伤住医院时，跟一个女护士调换的。

回到家，我首先去看望了自己的未婚妻，给未来的岳父岳母送了礼品。办完自家的事，就来到离我家八里地的班长未婚妻家。一见"一号"真人，比照片上还好看，气质不凡，说话大大方方，办事利利索索。她在村里担任妇联会主任，据说上边准备提拔她到公社当干部呢！

分手时，她送了我一程，让我捎给班长一双绣着鸳鸯鸟的鞋垫，还让我多多地向班长带好，要他在部队安心工作，施工中多加小心，千万别磕着碰着。能在部队提干是工作需要，不能提干回来，她也十二分欢迎。

真是，人比人气死人。自从见了"一号"，我从心眼里厌烦我的未婚妻，她人丑不说，心灵比人还丑，一见面，问的第一句话就是提干了没有？说要想结婚，提不成干，那算是男女厕所中间那堵墙——没门。还说，结婚时两千块彩礼一分也不能少。一听这话，我就如大冬天吃了一块大冰糕，浑身上下凉透了，心想，这桩婚姻迟早得吹灯。

回到部队，一切步入正常。班长垫上"一号"给他捎来的"鸳鸯牌"鞋垫，如同哪吒登上了风火轮，干劲增加百倍。在班长的带领下，我们班月月超额完成任务，还荣立了集体三等功一次。

真乃福兮祸所伏，就在立了三等功的第二天施工中，我们的施工地段出现了大塌方。我被一块大石头砸住，班长为了救我，不顾一切地把我推出来，他却被落下来的又一块巨石压住了。等大家把他从土石中扒出来，他却永远地闭上了眼睛。

整理班长遗体时，在他的上衣贴身口袋里，又见到了"一号"照片。大家不约而同把目光投向我，我便接过来先保管"她"。

在班长的追悼会上，我心里非常难过，泪水断线珠般流个不停。我的生命是班长用他的生命换来的，这牺牲本来是属于我的呀！

从班长老家赶来的未婚妻"一号"也很难过，但她看到我如此伤心，反而止住哭，劝开了我，说班长是为革命牺牲的，死得光荣，死得伟大！

办完班长的后事，我把班长珍藏的照片交给"一号"本人，不想，她却推开我的手，"哇"地一声又哭了，我前去扶她，她却一下扑进我的怀里，哭得更痛了……

"一号"回到家里，马上给我来了信，我也及时给她回了信。书来信往，我便知道了她的心思。知道了她的心思，我就给我的未婚妻写了第一封说谎信，信中我告诉她，我不但没希望提干，而且身体也不行了，在一次塌方中砸断了一条腿，只等伤好后复员回家了！十天后就收到了她宣布与我告吹的回信。

以后的故事，大家自然就明白了，"一号"成了我儿子的妈妈。

人生交叉点

上下班的人流在滏河大街滚滚流动着。

上下班的人流也同时在人民路上急匆匆地奔涌着。

人民路和滏河街交叉处的转盘式大花坛，像一个巨大的漩涡，把人们旋向要去的方向。每天早中晚三个时段是上下班的高峰，这儿的人流就格外急。自行车铃铛声和小轿车的喇叭声交织在一起，奏出一支新时代特有的交响曲。

他，每天就在"滏河"里流动。

她，每天就在人民路上"奔涌"。

一天，当他的小凤凰刚涌进漩涡的边沿时，她骑的小明星摩托向他冲过来，他立时紧刹车，钉在了原处。她嘴里呼着"哎哟！哎哟！"小明星就从小凤凰上轧了过去。小凤凰立刻就散了架。他被撞进漩涡的中心——花坛里，摔折了一条腿。

"这姑娘骑得太猛了！"

"也是的，小伙子本可以穿过去的，怎么关键时刻刹车呢？！"

人们品评着。

姑娘低着头，惊慌且羞涩得不知说什么好！好半天才喃喃地像是对大家又是对自己说："要不是厂里来了外宾，我急着去做翻译，也不会……"

"还不快送人去医院？！"有人提醒她。

她这才不好意思地支好摩托，在大家的帮助下，把小伙子扶了上去。

他就势把手搭在姑娘的肩上！

时间像流水，一晃就是几年。

当熟人再忆起那次撞车事件，问他为什么关键时刻刹车时，他便狡黠地一笑："不刹车，会出事吗？不出事会换回一个如花似玉的老婆吗？"

"哦！好小子！"人们如梦方醒。

妻子便骂他是"骗子"！

他仍狡黠地笑！

位 置

　　这是一个关于爱情的故事。故事的男女主人公坐在一起照结婚照。

　　男的五十多岁，岁月无情地在他鬓角刻出了花白，但仍透露着几分男子汉的帅气。脸上的皱纹，显现出成熟，使人联想到秋天果树上的果子。此刻，他微笑着，似在欣赏花店里的一朵玫瑰花。

　　女的四十七八岁，胖墩墩的身躯，透出几分贵夫人风韵。兴许刚剪了时髦发型，宽大的面庞，使人联想到著名豫剧表演艺术家常香玉。她不时瞅着他，像刚吞吃了一枚熟透的果子，甜汁漂在脸上。

　　摄影师让他们坐定各自的位置，叫男的胸挺一点，叫女的头靠近一点男的。于是，一声"好"，"咔嚓"一声，一对幸福的中年夫妻便定格了。

　　下面，让我们的故事，像电影蒙太奇一样回放一下吧！

　　中老年夕阳红婚姻介绍所。他们通过电脑配对相遇了。

　　他吃惊地说："是你？"

　　她也吃惊地说："是你？我的天！"

　　然后，他说："电脑怎么知道我们三十年的心思呢？"

　　她说："要不，怎么叫高科技！"

　　于是，他们便像年轻人一般，来到阴阳湖公园，谈起了恋爱，俨然一对二十岁的恋人。

　　他说："三十年，我觉得没过似的。"

　　她说："我怎么还是小姑娘心态！"

他说："还记得我们上大学时的情况吗？"

她说："当然记得。每次听讲座，我去早了，准占一个座位留给你；你去早了，准占一个空位等着我。"

他们面前便浮现出年轻时的镜头。

他说（话外音）："我右边永远是你。"

她说（话外音）："我左边永远是你。"

镜头拉回来。

他说："我多么希望永远是这样啊！"

她说："我何尝不这样想！"

他说："为什么就分手了呢？"

她说："这应该问你自己。"

他陷入回忆（话外音）："那时，我在等你一句话。"

她也陷入回忆（话外音）："那时，我也在等你一句话。"

他说："你是高干女儿，我是农民儿子，我敢说吗？"

她说："你学习成绩好，我成绩较差。再说，一个女孩子先开口，万一被对方拒绝了，多没面子。"

"唉！"他叹一声，"后来，我就找了个女人马马虎虎结婚了。"

"唉！"她也叹一声，"没有了你的消息，我也就找个男人稀里糊涂成家了。"

"结了婚，可我心中的妻子位置还空着。"他说。

"成了家，我心中的丈夫位置并没人占去。"她说。

"我们真幸福。"他说，"原想等来生呢！"

"我们真有缘。"她说，"不用等来生了！"

他们紧紧拥在了一起。

西下的落日亲吻着湖水，湖里一对鸳鸯嬉戏着从他们面前游过……

怪　梦

　　清晨，清脆悦耳的鸟鸣声把他从梦中唤醒。他盯着屋顶，在思索着什么。他千里迢迢回来探家，一转眼就过了二十多天，再过一个礼拜就该回单位了。在单位里，人们说他与妻子是"牛郎织女"，又叫他"十头沉"。真是的，结婚十年才会了五次"织女"，还不如天上的牛郎织女哩。本来，他每年有一次探亲假，因为路途遥远，他不愿把钱都铺在铁轨上，另外……怎么说呢，反正鬼使神差驱使他将探亲假合二为一的。

　　他伸了个懒腰，瞅一眼正在忙早饭的妻子，自己却不住地吃吃自笑。

　　"啥事儿，一大早看喜的你！"妻子道。

　　"嘿嘿嘿，做了一个梦。"

　　"做个梦有啥喜的？"

　　"一个奇怪的梦。"

　　"讲出来听听！"

　　"真有意思，压根儿没做过这样的梦。"他点燃一支烟，吐出一串烟圈儿，然后又吐出一根烟棍儿，从圈儿里穿过，像在空中穿起一串糖葫芦儿。

　　妻子不时停下手里的活计，在等待他说梦。

　　"哈哈哈！"他笑罢，方说，"你猜梦见什么啦？梦见我当上了法官。"

　　"法官？"

　　"是的。穿着法袍，神气极了。"

　　"你如果真能当上法官，那倒好了。"

"是呀！你猜我当上法官后，第一个来找我的是谁？是陈世美。他官袍在身，进门就跪，声声喊冤。我说道：'有何冤枉，从实招来。'陈世美道：'我的婚姻实在不幸呀！'我道：'你有儿有女，美满婚姻有什么不幸的？'他道：'一个在皇帝身边做事，一个在家务农；一个有文凭，一个大老粗，没有共同理想和语言。本不是一个槽上的驴，硬拴在一起，能行吗？！'我一听，似有点道理。陈世美接着说：'不幸的婚姻本来就够冤的了，偏偏数百年来人们不理解我，冤上加冤，骂我是负心汉。这公道吗？希望大老爷明断，为我平反昭雪！'……"

"你是如何处理这个案子的？"妻子忙问。

"我首先判了他们离……"

他的话没说完，便听妻子"哎哟"一声，原来正在切菜的妻子不慎将菜刀切在了手指上，鲜血顿时染红了菜板。他忙披上衣服为她包扎，不住地说："都怨我，胡讲一个怪梦，看让你……"

她不好意思地苦笑了。

他回单位半月后，她突然来了。未进他门，却先进了他单位领导的办公室。她交出一份离婚申请书——那是她托小妹起草，自己花两个通宵抄出来的。

他风风火火找到她。当知道她来的缘由，第一次当着人拥抱了她。拥抱，紧紧地拥抱！

他们都流泪了，动情的泪水流在了一起。

许久，他们才松开。

他笑了！

她也笑了！

这是他们第一次出自心底的笑！

笑——是幸福的。

和美的鸳鸯图

他和妻都很喜欢到 B 城度夏。

这是个海滨城市，环境很优美，景色很宜人。他们一来，就住在这宾馆。一来，人熟了，各方面都方便；二来，宾馆前有一条河流过，弯弯曲曲充满了诗情画意。

他和妻住下后，除了白天乘车到海滨沐浴，早、晚就在河边散步。于是，朝霞里、晚霞里，就多了一对和美的鸳鸯。

有一天，当他和妻又在一起散步的时候，他的目光突然射向河对岸，他看到河对岸有个人，而且是个女性，她穿了一条洁白的连衣裙，站在河对岸的河边上。他看了妻一眼，妻也在向河对岸张望，就没把看到的情景告诉她。

其实，在他的目光痴痴地被对岸吸引的时候，早已把妻的目光牵了过去。她也看到了对岸的那个人，不过，她看到的不是个女性，是个男性，他直直地立在对岸，穿一身白衣服，好像还系了一条领带，是个风流倜傥的美男子。当然，她也没把看到的告诉丈夫。

之后，他们就接着往前走。只是，那河对岸的人，似一块磁铁吸铁般地紧紧地吸引着他们。他们不时回头观望，偶尔两个人目光相碰，都不好意思地回以对方微笑。

第二天早、晚，他们仍在河边散步。

他的目光再次射向对岸的她。他在想，怎么我一出来，准能碰上她呢？莫非她像我一样爱在河边玩？只是她老站着不动，是在练气功吧？或者是她失恋了，在河边消磨无奈的光阴？

妻的目光也再次投向河对岸的他。她也在想，怎么我一出来，就能看到他呢？该不是他像我一样喜欢河边？只是他老站着不动，在干什么呢？练什么功夫吗？或许，他失恋了，望着河水在回味那失去的甜美故事吧！

又一日，当他们夫妻再次到河边散步时，丈夫说："我们来这个城市多次了，还不曾到河对岸玩玩，我们就抽个空儿过那边走走吧！"

妻说："我也正想到对岸看看呢！"

丈夫说："只是不知如何才能到达对岸？"

妻说："我打听过了，往河上游走，二里地的地方有一座桥。"

丈夫说："那好，我们明天就不到海滨去了，就过河玩玩。"

妻说："好。"

次日一大早，他们夫妻就步行向河上游走了二里路，果然见到了一座桥。他们过了桥，就从河对岸往回返。

那儿有个"她"牵着他的心。

那儿有个"他"扯着她的魂。

他们似乎越走越紧张，因为他马上就可以看到牵肠挂肚的"她"了，她也马上可以看到朝思暮想的"他"了。

然而，当他们真的走近了她（他），他们几乎同时惊呆了。夫妻对望了一下，都极力抑制自己的呆相。原来，在那儿竖着半截白色的电线杆，大概是原来架电线的杆子移走了，留下的这半截儿作测的什么标志。电线杆上部还贴着一纸"专治狐臭"的广告。

他呆呆地望了一会儿，说："我们往回走吧！"

她默默地注视了一阵子，说："好，我早走累了。"

于是，他们都低着头，没精打采地往回走。

第二年，他们夫妻再没来这个城市度夏！

面包与爱情

按说，面包与爱情是没有什么联系的，然而，关于我的爱情故事，似乎与面包有关。

那时候，我二十多岁，在解放军某部服役，与一个在军医院当护士的女兵相识，并悄悄爱上了她。一有时间，就给她打电话，然后跑到她单位门口去等她。她单位门口有个面包房，等她的时候，就在面包房外看面包师傅做面包。他们做得井井有条，倒水、加糖、和面，之后在案板上用力地揉呀揉，面揉得筋筋道道，像棉花瓢的时候，才一刀刀切开，撒上椰丝、豆沙、涂上奶油，小心放进模子里，再推进烘烤箱。十几分钟后，拉出来，便是胖得像娃娃脸似的香味扑鼻的大面包。

面包出炉了，她还没有出来，我就接着看师傅们做第二炉、第三炉，直到等到她出现。

于是，一天又一天，一月又一月，一年又一年，我便把许多大好光阴，都留在了那个面包房外面。有时好不容易等来了她，她却是一脸乌云，然后甩下几句冰雹似的话："你就不能把这时间用在工作和学习上，老等个啥？没劲。"

我便像棵霜打过的茄秧，蔫呼呼地回到了连队。

再在面包房外等她，心里就不是个滋味。

有一年，过"八一"建军节，连队改善生活，叫我去帮厨，我便毛遂自荐要露一手，为大家烤面包。于是，借来了兄弟连队的烤面包机，我便学着面包师傅的样子做了一炉面包。不想，面包烤出来，还不如放进时大，而且又黑又硬，像一个个黑粪球。事后，我才知道，忘了放发酵粉。

就在建军节后，女朋友宣布与我分手了。分手就分手吧！她还一个劲地批评我，说我没文化、没志气、没恒心，将来一辈子准是个稀拉兵。

从此，我再也不到面包房外面去等她了。

好，你说我没文化，我非学好文化不可；你说我没志气，我非立大志不可；你说我没恒心，我非立下恒心，干出一番事业不可。我从小爱好文学，就又拿起了笔，利用一切空余时间练习写作。别人玩耍我读书，别人休息我写稿。你别说，一年下来，还真在报刊上发了几块"豆腐干"。第二年干劲更大，发表的文章由"豆腐干"变成了"大煎饼"。部队领导看我有前途，把我调到机关当新闻报道员，年底还光荣地立了一次三等功。

从部队转业到地方，顺理成章，我成了一家新闻单位的记者。此时，我打听当年的女友，她已是一家大医院的主治医生。我自感不如，便不敢再冒傻气去追人家。

再后来，我便同现在的妻子结了婚。妻子虽然地位上不如她高，但人长得比她强。认识我妻子也认识她的人都这么说。可我心里还老是忘不了她。她的气质，她的才华，的确是我的妻子不能比的。

有时，同妻子吵了架，我就躺在床上偷偷去想她，心里说，如果年轻时，把在面包房外等她的时间用在工作和学习上，说不定也不会是这么个结局。

我又想到了做面包，一位做面包的里手告诉我，发酵粉要提前放进去，等面发酵开了，再加其他配料。走向生活之后，我真的学会了做面包。同时，懂得了许多事情是同做面包一样的道理。知识需要发酵，发酵了，才能裂变；爱情也需要发酵，发酵了，爱情之花才能开放，然后才会结果。

我好后悔那些浪费掉的时光呀！

老郏的"爱情"故事

老郏何许人也？

用他自己的话说，古城市知名作家也，因他自费出版过一部一本也没有卖出去的小说集。身边人评价他，一个典型的神经病，一举一动都像孔乙己。往 60 岁上数了，还没个女人，茕茕孑立，形影相吊。

说没女人是假，20 年前，他曾稀里糊涂与一女人成过一次家。成家七个月后，女人生下一个孩子，就立即与他解除了婚姻。这件事，我曾问过他："女人可不要，难道就不想孩子？"老郏长叹一声，说："孩子是人家的，有什么想头。说实话吧，我与她成家以来，她根本没让我沾过她的身！"

哦，原来老郏只是当了一次代理爹。

再后来，老郏当上一家工厂的临时工，传说爱上了一个 30 岁的老姑娘。我问他："是不是剃头挑子一头热？"他说："不是，老姑娘也爱我。"我问他："怎么个爱法，接吻了吗？"他说："没有，那是年轻人的事，太俗气。"我又问他："有实质性故事吗？"他说："她太传统，不领结婚证，可不敢干那事！"

有一次，我同老郏一块出差。我问他："给老姑娘打过招呼啦？"他说："打过了。"我问："反应如何？"他说："良好。"我问："怎么个良好？"他说："我写了个条子，夹在她的自行车后衣架上，就远远吊着等她下班时发现此条。她下班了，果然就发现了。"我问："发现后反应如何？"他说："她一把撕了个粉碎，然后骂了一句神经病。"我问："就这反应？"老郏冲我神秘地一笑，说："你想想，她要是对咱没意，怎么会骂咱呢？"我立时笑破了肚子。

出差路上还遇到了一件稀罕事儿。我们从古城站上车时，没买上座位，好不容易挤上了车，却被堵在两节车厢的连接处。这时，一个漂亮的姑娘轻轻推了他一把，说："老大爷，借个光，让一下路！"不想，老郏立刻瞪大了眼睛，高声道："你叫我什么？老大爷？我还没结婚哩，怎么能叫老大爷！"弄得一车厢人哄堂大笑。我说他："难道没有老大娘，就不能当老大爷啦！"

出差回来，我把这事说给文友们听，笑得大家肚子疼。一位老同志讲，别让他发神经了，帮他介绍个对象吧！大家都赞成。

老同志说到做到，一周后就为他物色了一个。女方是个卖衣服的，赚了不少钱，就是人长得丑了点。双方见面后，都对老同志进行了攻击。女的说："你说他是个作家，狗屁，窝窝囊囊的，像个山沟老农民！"老郏说："闹半天，给我找了个丑北瓜。太小看人啦！"我问他："长北瓜，还是圆北瓜？"他说："不长不圆，砘子的瓜。"

从此，老郏还是一门心思恋着老姑娘。

一年后，老姑娘突然不见了，急得老郏如猴子吃了蒜，四处寻找。人们传说，她嫁人了。有的说，她嫁到了上海，有的说，她嫁到了北京。

老郏找不到老姑娘，就真的神经了，见人就说："我的女人，嫁给了别人，你说这是啥世道！"

我劝他："要不就再找一个？不找的话，就一门心思搞创作吧！"老郏一拧脖子，说："我搞创作，就是为了让老姑娘高看我一眼。她都嫁人了，我再写作还有毬用呀！"

爱的切入点

大哥和大嫂在我们家族中，是知名的好夫妻。结婚 30 年，你恩我爱，从没红过脸。

可最初在人们看来，他们绝对是一对不般配的夫妻。大哥一米八零的个头，年轻潇洒漂亮，是绝对的帅哥，又是名牌大学生，毕业后分配在市政府机关工作。嫂子长得又黑又瘦，典型的一个丑小鸭，且只有初中文化，还是个普通工人。

然而，30 年来，他们用锅碗瓢勺，谱写了一曲夫妻和睦交响曲，硬是改变了人们的看法。同时在大家心目中，也留下了一个谜。

我是我们家的老小，从记事起就恋大哥。父母去世后，更把大哥当长辈，大事小事找他商量。老嫂比母，虽然打心眼里看不上她，但每次去她家，她的热情，她的殷勤，渐渐融化了我心里对她的冰结。我最爱吃她做的拽面，她一双巧手拽出头发丝似的面条，在锅里只打一个滚，捞到碗里，浇上鸡蛋卤或酱面卤，吃到嘴里，赛过有名的大红门拉面。所以，只要我嘴馋了，想吃拽面了，宁愿多跑几里路，也要拐到哥哥家。

哥哥很爱嫂子，也很依赖她。无论在外面遇到多少不开心的事，只要一回家见到嫂子，就如春风拂面，顿时扫除脸上的愁云。

这就应了我们老家一句话：好汉没好妻，赖汉娶个花枝女。

有一年，我去哥哥家为他祝贺 50 岁大寿，老哥俩一高兴，就多喝了两杯。喝多了酒，就吐出了不少真言。我翻腾出埋在心里多年的问号，问他是如何看上嫂子的。他一笑说，要问这个问题，还得多喝三杯酒！我说，三杯就三杯。我喝过酒后，哥哥果然告诉了我一个既复杂又简单的答案。原来，他去相看嫂子时，来到媒人家，只见嫂子规规矩矩坐在媒人炕边上，低着头等待他，而且一个劲地在搓手。哥哥的心当时就热了，多好的姑娘，一副羞涩相。他甚至忘了多看她一眼（因她一直低着头），就点头订下了这门亲事。等把嫂子娶回家，哥问起那天她为什么一个劲地搓手时，嫂子才不好意思地说，她是家里的老大，母亲常年有病，一家人的吃饭主要靠她来做。那天媒人叫她时，她正在和面，面没和好，也没顾上洗手，就去了。她是在搓手上的面呢！哥哥听罢，扑哧一声笑了。

就这个细节，成了哥哥对嫂子产生感情的切入点，一个既实惠又普通的生活小情节。

难怪哥哥一辈子不生病，是嫂子的手艺滋养了他呀！

狗性探测器

天庭混乱了，乱得乌烟瘴气，成了一锅粥。原因是各类官员争权夺利，尔诈我虞，达到了白热化程度。各项工作无人抓、无人管，整个天庭几乎成了一台锈死的机器，难以转动了。

为此，玉帝昼夜难眠，吃饭如嚼蜡。怎样才能解决如此棘手问题呢？每日早朝，他都要大臣们献计献策，可一个个来到金殿，只会垂头丧气，哀叹连连。气得玉帝大声骂街："一群蠢蛋，只知道拿老子的俸银。社稷不平，连个主意都没有。滚！"大臣们刚要走，玉帝又喊回他们，说："回去好生思谋，明日上朝谁再拿不出主意，马上杀头！"吓得一个个大臣浑身瑟瑟发抖。

兴许都怕送命，次日早朝，一个个便争先恐后献计献策。这个说，要改变局面，必须革故鼎新；那个说，要平息天庭混乱，必须改革用人制度。此时，一个叫阿R的大臣连拍数下自己的额头，然后向玉帝跪奏道："据说，每个人属什么属相，他（她）的骨子里便含有这种动物的特性。我看在今后的用人制度上，是否只用一种属相的人？这样达到高度统一，定不会再闹矛盾了。"

玉帝一听，甚喜，就问阿R："爱卿属什么？"

阿R忙答："甲戌年生人，属狗。"

玉帝平时就很喜欢阿R大臣，他很会看人下菜碟，说玉帝爱听的话儿，办玉帝高兴的事儿。

玉帝一拍大腿连说："好！好！！好！！！"并立即作出了"今后各路官员全部任用属狗的"的决定。随即写成告示，通报天下。

于是，凡是属狗的人都吃起香来。有的人连升三级，有的人连升两级，最低的也升了一级。

许多官员因不属狗，被罢了官，就愤愤不平。有的赶紧找管户籍的官送礼，要求改年龄。不管属鸡的属猪的属马的属鼠的，统统往狗上靠。一时间，各地管户籍的官员忙得不亦乐乎。半年后，不少不属狗的也都属了狗。一年后，连管户籍的官也分不清现任的官到底属什么了。

玉帝再次苦恼。还是阿R的献策，才使玉帝看到了新的光明。阿R建议发明一个狗性探测器，来对每个官员进行测试。玉帝一听在理，立即拨出科研专项白银十万两，要皇家科学院半月内完成任务。

有白花花的银子作支撑，研制者不分昼夜地苦干，只用了10天时间，就研制出了像手电筒样子的狗性探测器。负责验官的人拿在手里，像非典时期测验每人的体温一样，往人身上一杵，立刻就显示出了是狗性，还是别的属性。

属狗的人都当了官，可苦了别的属相的人。有个属虎官迷心窍叫阿Z的人，好不容易爬到了七品知县，只因属性问题丢了官。他心里很是不平：妈的，老子一只下山猛虎，到头来还不如一条癞皮狗！但有玉帝的旨令，他也无可奈何。他是个聪明人，苦思冥想一番之后，终于想出了办法。于是，他就整天学狗叫，学狗爬，学狗摇尾巴。一年后，他到考官面前一测，果然变成了狗性。他又给考官送了两锭白银，不但官复原职，还升了两级。

阿Z的经验一传十，十传百，纷纷效仿。不管是属兔的属龙的属牛的，都变成了属狗的。

真乃道高一尺，魔高一丈。玉帝再次无奈，今后这官该怎么选呢？！

失落的笑容

Z国人民本来是个快乐的民族，数千年来，歌声笑语充满人间。然而，由于百年战乱和天灾人祸，人民哭的时候多，笑的时候少。依生物学"用进废退"的定律，再加上整天无米少盐，整个国家人民的脸上，除了忧郁，再没有半点笑容了。

没有笑容的国家，就像只有黑暗，没有阳光似的，到处黑洞洞一片。为此，国王愁得饭吃不香，觉睡不安，召来群臣商量办法。大臣们一个个也都是愁眉苦脸，想不出一点办法来。看来，笑细胞似乎彻底从这个民族遗传基因中消失了。

怎么办？

一个叫S的大臣出主意说："我国没有了笑容，是否可从国外进口一些，然后出售给国民呢？"

国王一听是个好主意，就把这个任务交给了他，并专拨一万两白银，由他负责，成立了一个"笑容买卖公司"。

于是，S大臣就从一些先进和快乐的国家买来了一批笑容，然后以十两银子一副出售给国民。因价格太高，穷苦百姓买不起，第一批买来的笑容，大部分卖给了各级官员。官员们脸上有了笑容，就如夜间出现了几点星光。可毕竟是少数，夜仍是黑沉沉的。

国王又拨白银十万两，让S大臣购买来更多的笑容。因购来的数量太大，国民手中无钱，一时卖不出去，便使许多笑容变质，有的出现了霉点，有的变朽。S大臣怕捞不回本钱，就降价处理，由原来十两银子一副，降为五两、三两，最后一两一副。购买者仍寥寥无几，使许多笑容最终烂掉了。

经过 S 大臣数年努力，Z 国国民脸上逐渐有了一些笑容。然而，也许是 S 大臣出售变质笑容的过，使许多国民脸上出现正常的笑容之外，也出现了许多怪笑，比如：狞笑、嘲笑、嬉笑、狂笑等等。

为此，国王再次为难了。这些怪笑像一片片乌云，笼罩了国王的心。他再次召来群臣商议办法。E 大臣提议，成立一个医治怪笑中心，医药仍从国外进口。国王听之有理，就拨白银五万两，由 E 大臣负责去办。

一年后，E 大臣启奏国王：成绩不大。原因是这些怪笑，像癌细胞一样成倍扩散，致使连正常的笑细胞也被吞噬了。

国王不知所措。此时，有人向国王推荐了深山隐居的一位老夫子，说他可以医治此病。国王就请来了他。夫子曰：民以食为天。只要人民有饭吃，有衣穿，自然脸上就有了笑容。

从此，国王就在全国推广种植和养殖业，由原来的向国外进口笑容，改为进口优良种子和先进技术。

数年后，Z 国国泰民安，人民的生活丰衣足食。歌声笑语重新回到了人间。

国王为了感谢老夫子，就封他为圣人。

换心术后

他是个作家。

他看不起那些钩心斗角磨得两鬓秃毛的官欲极强者，更看不起那些一日三餐，一杯茶水一张报纸度日子的胡混子。

他一心想写出轰动社会的传世之作，挤进世界文学名人之林，获诺贝尔文学奖。于是，他拼命读书，研究中国古典文学，研究西方意识流，魔幻现实主义，以及弗洛伊德。他刻苦写作，写短篇，写中篇，写长篇。

然而，命运不测，在他一个长篇写了一半的时候，发生了意外，文联领导安排他陪同一个外国作家代表团参观黄粱梦卢生祠时出了车祸。他被甩出了车外，摔坏了心脏。

他静静地躺在医院的急救室里，等待死神的降临。急救室的门敞开着，太平间的门也敞开着，单等一架单架的到来。

也许是他的命运好，也许是上帝的特意安排，医生决定为他做换心手术。心脏是另一个车祸受害者供给的。那个受害者面目全非，四肢不全，唯独留下了一颗好心脏。经医生给受害者家属做工作，由文联出钱买下这颗心。

换心术做得很顺利，手术后第二天，他就苏醒了。护士向他介绍情况后，他十分感谢单位领导为他花这么多钱，十二分感谢主治医生保住了他的性命。他向领导向医生表示，出院后一定加倍努力工作，报效国家，报答领导和医生的救命再生之恩。

半年后，他出院了。

不知为什么，出院后他开始厌烦书房，厌烦书架上的书，有一次还烧掉了一大批他过去省吃俭用买的世界名著。更使人不能理解的是，他竟烧掉了过去书作的书稿。妻子从火中抢出一部分，反而遭到他的大骂："要那些废纸有什么用，不当吃又不当喝！"

从此，他不喜欢写作了。每日上班，看看报纸，喝喝茶水，到上级领导那儿疏通关系。他开始研究某领导的根子，某领导的来头，某领导与自己升迁的关系。他声称，一年当上文联主席，两年当上宣传部长，三年爬上市委书记的宝座。

大家都说他变了。

家里人更认为他变了。

细心人调查了供给他心脏的那个受害者，原来是个官欲熏心的胡混子，是乘车给上级组织部门某领导送礼时出车祸的！

戴猫面具的老鼠

　　小不点儿是只聪明的小老鼠。尽管他长成了一只大老鼠，可鼠们仍叫他小不点儿。小不点家里兄弟姐妹多，光靠父母觅食，怎么也养不住他们。小不点是老大，自然应该帮助父母担些担子。于是，从懂事起，他就跟着父母觅食去了。说是觅食，实际上是偷食，到人们的仓库里偷粮食，或者到食堂里偷食品。开始，他胆小不敢下手，跟父母久了，胆子就大了。

　　长成小伙子后，他就单独闯天下了。为了练成一个行家里手，他真没少吃苦头。有一次，他被人们设置的老鼠夹子打了一下，要不是他机灵，早丢了小命。虽未丢命，却留下了终生遗憾：被夹掉半截尾巴。随着偷龄越来越长，他认为这买卖越来越不好干了。又一次，他被一只猫逮住，幸亏他手里拎着两条刚偷来的鱼，作为礼品送给了那只貌似威武的猫，才又化险为夷。

　　他看到猫很吃香就很羡慕，心想，如果自己也是一只猫该多好呀，可惜自己投错了胎。

　　一天，他闲来无事，就去逛商店。逛到面具店，看到猫面具，就拿起一只戴在自己头上，然后到镜子前一照，自己把自己吓了一跳，我这不是也变成了一只猫了吗？他就买了一只猫面具戴回家，学着猫叫了一声："喵！"几乎把一家人吓个半死。

　　后来，他就戴着猫面具在街上走来走去。许多老鼠见了他。不是吓得乱窜，就是给他送礼品，甚至漂亮的小母鼠还向他谄媚。他戴着猫面具逛酒店，店老板不但请他好吃好喝，走时还送纪念品。他来到银行视察，行长不但请他到舞厅跳

155

舞，临走还送了许多百元大钞。

从此，他就戴着猫面具四处检查工作。不到一年时间，他不但吃胖了，而且腰包也鼓了起来。

许多老鼠看他迅速致富，纷纷登门取经。他就先收一笔咨询费，然后耳语一番，于是，面具店里猫面具就成了紧俏货。很快面具店里的猫面具被抢购一空。

之后，这个城市里猫就越来越多。猫多了，但偷盗案件不但没有减少，反而也多了起来。全城人叫苦连天，但又有什么办法呢?！

鸡给黄鼠狼拜年

黄鼠狼给鸡拜年——没安好心！

这句歇后语，几乎家喻户晓。当历史发展到了今天，二十一世纪，不知这句话是否还适用。诸位，读了鄙人这篇童话小说，您定会有所思的。

且说，有一天黄鼠狼在路上碰到了鸡，老远就打招呼："鸡老弟，您好呀！"

鸡一扭脸，理都没理黄鼠狼。

黄鼠狼也不恼："还在生我气呀？！"

是的，祖祖辈辈的冤仇，鸡怎么能不生它的气呢！

黄鼠狼凑近鸡，进一步套近乎："我说老弟呀，历史在前进，我们都应向前看才对。我们家族虽然办过不少缺德事，曾利用给您祖上拜年的手段，吃了您老爷爷，咬死了您爷爷，咬伤了您父亲，可那都是过去的事情了。我有决心痛改前非。难道您不相信我吗？"说着竟挤出几滴眼泪来。

从来没听到过黄鼠狼如此忏悔的话语，鸡竟有些激动："你说的是实话吗？"

"当然是实话。"黄鼠狼一挺胸脯，"都什么年代了，改革开放的春风早把您老兄过去的丑恶灵魂吹变了。说真的，我正想找您合作干一笔生意呢！"

鸡高兴地跳了起来："好！我们就合作做生意，手头正紧呢！可是，干什么呢？"

黄鼠狼看着鸡："干什么，我们一起商量嘛！"

"我可从来没做过生意，不懂这些呀！"

黄鼠狼踱着步子，抓着头皮，似乎在想门路。突然道："有笔生意准能赚钱，不知老弟肯否合作?"

鸡道:"只要能赚钱,有什么不能合作的呢!"

黄鼠狼狡黠地一笑:"我与城里的烧鸡铺掌柜很熟,他再三捎信,让我给他弄一批鸡。因无人合作,老是弄不成。"

鸡一听就翻脸了:"闹半天,你的本性并没有改!还在打我们鸡族的坏主意呀!"

黄鼠狼笑道:"看看看,您还是老脑筋吧!现在人人都在向前(钱)看,只要能赚钱……"

"能赚钱,也不能干缺德事!"

"德值几个钱!只要您听我的,缺德,但我保您不缺钱!"

鸡一扭脸,又不理睬黄鼠狼了。

黄鼠狼觍着脸,进一步开导鸡:"脑筋还是活泛点好。告诉您,做这买卖决不让您得罪人。您只给我当内线,报告我,什么时候谁家有鸡,各家的鸡都什么脾气,什么时候下手最合适,就行。活儿由我来做,抓到一只鸡,给您提成一块钱。"

鸡虽然恼怒,却在暗暗听着黄鼠狼的话。一不做二不休,这倒是笔好买卖。何况鸡族里也有不少自己的仇人,何不先从它们身上下手,一举两得,既报了仇,又得了利呢?

黄鼠狼再次凑近鸡:"老弟,想通了?"

鸡半推半就道:"让我考虑考虑再说。"

黄鼠狼道:"还考虑什么呀,再考虑黄花菜怕也凉了。我马上起草一份合同书,签字画押,立即生效。"

鸡一拍巴掌说:"好。改革了,开放了,老子也改革一回,开放一回!"

第二天,由鸡牵线,黄鼠狼一次就抓了五十只鸡的同类。鸡顺顺利利得了五十块回扣费。第一次得到报酬,高兴得鸡"咯——咯——哽"叫了半天。

第三天,鸡、黄鼠狼再次配合,就有百只同类进了杀锅。

第四天……

第五天……

它们越干越起劲。鸡的仇人出卖完了,出卖邻居,近邻出卖完了,出卖远邻。以致连外村的同类，不少也在鸡、黄鼠狼的里应外合下，变成了烧鸡铺的刀下鬼。

不到一年工夫，仅吃回扣，鸡就成了万元户。

转眼到了年底。鸡回顾着一年来致富的历程，十二分感谢黄鼠狼。没有它的开导、帮助，怎么能有今天！于是，它备了一份厚礼去给黄鼠狼拜年。黄鼠狼一见鸡弟，就高兴得心花怒放，立即摆下酒席，"哥俩好，六六顺"地划起拳来。酒后，又计议起明年争取干更大的事业。

以后，这一带的鸡就越来越少了。再以后，连这只暴发户的鸡也不见了。再以后，这只黄鼠狼也不知哪儿去了。有人说，黄鼠狼转移到了新的地方！

同命相"连"

沸腾的锅里翻卷着水花，走向另一个世界的鸡们，将变成人们餐桌上的美味佳肴。再过一个时辰，这些鸡就该出锅了。

这时，鸡贩子又驮来一批鸡。它们一个个被绑着腿，而且还连捆在一起。大概是倒挂着头长途运来的，它们有的喘着粗气，有的口吐白沫，有的浑身疼痛得四肢抽搐。鸡们想，如此的难受，倒不如早早地见了阎王爷利索。

鸡贩子卸完大批的鸡，又从筐里拎出一只黑母鸡。它是一只病鸡，所以只草草捆了两条腿，未曾同其他鸡连在一起，黑母鸡被鸡贩子扔到鸡堆里时，它才软弱无力地伸了伸被捆绑的腿，病快快地抬起疲倦的头，睁开浑浊的眼睛，向周围打量着。

鸡贩子兴高采烈地被买鸡人请进屋里吃酒去了。

此时，这些待宰的鸡们就可怜巴巴地等待着死神的降临。

歇息了片刻之后，在乡里一向领头的白公鸡首先昂起了头，它像在乡下偷吃食之前四下侦察了一番。四周静悄悄的，没有一个人。它心里说，如此的好机会，我们为什么不溜呢？于是，它就叫了一声："弟兄们，逃！"

花公鸡第一个响应："对，趁现在无人！"

黑公鸡也道："挣脱绳索，赶快离开这儿！"

于是，它们就拼命地挣扎起来。然而，过了好久，仍然无济于事。鸡贩子太狠心了，对它们捆绑得如此结实。鸡们一个个灰心丧气地低下了头。

兴许它们的话，提醒了黑母鸡，它躺了一会儿之后，觉得有了些精神，也就挣扎起来，只蹬了几下腿，绳索便脱落了。它慢慢站了起来，试着走了两步，虽然摔了个跟头，但很快又起来了。

鸡们立刻向它投以羡慕的目光。它好幸运哟！

鸡们的目光同黑母鸡的目光一起射向墙角的那个洞。洞外头就是野地，钻过洞就等于穿过了死亡谷。

黑母鸡稳了稳精神，就向洞口走去。

鸡们行注目礼般地看着它，一个个心里说，自己被捉之前为什么不生病呢？如果自己有病，便可同它一样的命运！

鸡们的目光由羡慕变成嫉妒，由嫉妒变得滴血。

"不能便宜了它一个人！"白公鸡道。

"它怎么能撇下大家，一个人溜呢？太自私了！"花公鸡也道。

黑公鸡干脆喊了起来："主人，快来呀，有鸡逃跑了！"

其他鸡也跟着七嘴八舌，说三道四。

听到喊声，喝得醉醺醺的鸡贩子冲出屋来，三步并作两步跑向黑母鸡，一把抓住它，边骂着，边重新给它上了绳，然后用力把它摔到同伴们中间。

锅里的鸡要出锅了。

一会儿，买主便提着刀向鸡们走来。

腾出的烧鸡锅在向鸡们张望。

哦，命运相"连"的鸡们哟！

一只想出名的苍蝇

一只叫嗡嗡的苍蝇飞东飞西。它不是去觅食，是为了想出名。

当个名人多好呀！

古代名人，过了上千年，人们还记着，动不动还要引用他们的话语。如今的名人，前呼后拥，走到哪里都有追星族，多气派，多潇洒！

自己怎样才能出名呢？

当官？第一要有根，第二要有钱，有了这两项，还得会看风使舵，该捧则捧，该送则送。太麻烦了！

当文化名人？演戏——不容易，没听说过台上三分钟，台下三年功？太累了！写作——更不容易，辛辛苦苦没日没夜爬格子，写出的文章还不知能不能发表，就是发表了，也不见得能一举成名。难怪作家们自称低价卖血。经商——也不是闹着玩的，这年头不搞点假冒伪劣商品，发不了财，搞伪劣商品，一旦被查出，轻则罚款，重则蹲大狱。

嗡嗡犯难了！

它想了三天三夜，把脑袋都想疼了，才想出个办法来：跟名人打官司，不管打赢打输，都沾光，把名人骂臭了，自己却香起来。

可想来想去，又找不出合适的打官司对象。

它又飞来飞去，寻找办法，也寻找机遇。

有一天，它飞进一座博物馆，大开了眼界。这里珍藏着许多价值连城的古代文物，有三千年前的青铜器，有两千年前的陶罐。它被一只古磁州窑出土的彩瓶吸引住了，就落在上面细细观赏。这只彩瓶造型独特，新颖别致，瓶身上绘着坐在小船上的唐代大诗人李白的画像，旁边还写着他的一首名诗《望天门山》。

嗡嗡太高兴了。只要落在这只瓶上不走，参观的人们只要来看瓷瓶，不就看到了自己，它不就同瓷瓶，同时也同李白齐名了吗？！它正想着心事，一个博物馆工作人员就挥着苍蝇拍来赶它。它就和他捉迷藏，一会儿躲到瓷瓶这边，一会儿躲到瓷瓶那边。大概惹怒了工作人员，他就换了个大号的蝇拍向它打来。他用力太猛了，虽然打到了它身上，但连瓷瓶也一下子打落到地上，瓷瓶被摔得粉碎……

次日，《古城晚报》登载了一则新闻，说一件无价之宝太白瓷瓶破碎，原因是因拍打一只落在瓶上的苍蝇。真乃顾此失彼，因小失大，造成千古遗憾！

这只苍蝇因此也真的出名了。

只是人们提到它，心里真如吃了一只苍蝇！

玉帝的苦恼

据说，人在出生之前，由天庭人类组装公司，将人的各个身体部件装配好后，由玉皇大帝下令发放人间。之后，就一个个婴儿出世，再由小长大。

话说某年间，由于天庭管理混乱，人类组装公司就出现了不少伪劣假冒产品。有的人体零件不合格，组装出的人自然就质量降低，发放人间后，就有不少残疾人。四肢残疾还不太要紧，最可怕的是主要部件，诸如心脏残疾，或者装错了心脏，把动物的心脏装进人的躯体内，或者装了变坏了的心脏，就像一部机器，发动机不合格出毛病，势必引起麻烦。于是，人间就出现了许多不平事。由于某些人心不良，或者根本不是人心，就干出了不少偷盗、贪污、敲诈勒索、嫉贤妒能、诬陷好人等等罪恶勾当，使得人间乌烟瘴气，怨声载道。

玉帝知情后，思谋再三，决定先从主要问题抓起，先治人们的心脏。就成立了若干个心脏治疗中心，对心脏不良者进行治疗，对不是人心者做换心手术，换成人心。玉帝想，先把天下人的心治好后，再解决四肢残缺的问题。不想事与愿违，由于某些治人心的医生本身就没有良心，或者是动物心，就出现了乱子。或者把世上少有的良心强行治疗，结果把良心治成了坏心；或者以坏心治坏心，越治越糟糕。许多坏心人被治疗后，变得更坏了，干坏事更加猖狂肆虐！

玉帝甚是不悦，就龙颜大怒，然后召集天上神仙开会，研究这等重大问题。各路神仙来了五五二百五十位，会议开了七七四百九十天，仙酒喝了九九八十一坛，仙果吃了不计其数，方议出结果：决定将人间的坏心人、残疾人收回天庭，重新组合。

　　玉帝首先发了一道圣旨，让各有关神仙将世上伪劣假冒人名单速报天庭，进行初步摸底，然后采取措施。圣旨下后，四肢残疾者名单很快报了上来，而心脏有疾者，或者不是人心者名单却迟迟不能报来。原因是不少人明明没有良心，却谎说心脏很好，有的明明是动物心，却硬是不承认。

　　得知实情后，玉帝很是为难，就决定再次召开神仙会，商量办法。可是，开会通知下达数日，迟迟不见有人报到，却有不少神仙前来请假，有的说身体欠佳，不能到会；有的推说公务太忙，让不吃劲的小仙来代开会；也有老仙申请退休，说年岁大了，神志不清，不能担当如此重任。玉帝派人私访，方知，原来各路神仙都有畏难情绪，说如今世上人心莫测，有什么办法能知道好坏呢？

　　是呀，怎样才能知道人心好坏呢？不知道人心好坏，重新组合就是一句空话。玉帝急得不知所措。在这个拦路虎面前，玉帝真不知该如何办是好了，总不能眼睁睁看着世上这混混沌沌的局面任其发展吧！

癌症的威力

在宏升机械厂，提起副厂长姬冠强，没有不翘大拇指的。一个濒临倒闭的厂子，自从他当了副厂长，不到一年就起死回生，两年时已成了局里的利税大户。老姬是军人出身，抓工作像打仗，雷厉风行，一抓到底。说话办事"哒哒哒"，像放连珠炮。所以，人送绰号——机关枪。

他虽是副厂长，却实实在在挑着一个厂的担子。厂长叫阮丹，外号软蛋，聋子的耳朵——摆设，厂里有他没他一个样儿。阮丹退下来，明摆着这一把手应该是姬冠强，却从局里调来个名叫杨巍的人，坐上了第一把交椅。杨巍干了不到一年，就被工人看透了。杨巍调来时59岁，马上面临船到码头车到站。

一把手的位子之所以频频换人，实际上是局领导无奈中的上策。局长、副局长谁都知道姬冠强能干，一旦把他提上来，马上就会危及自己的位置！如果不在厂长位置上挡住他，谁敢保证以后副局长、局长的位置不是他的！所以，每次局里召开干部提拔会议，姬冠强都是大家讨论的中心。讨论来讨论去，最终一致同意把他锁定在副厂长的位置上。

杨巍已向局里递交了退休报告，下一任厂长谁来当？局领导都头疼了！

就在这时，姬冠强突然因病住院了。检查结果：肝癌后期。消息传到厂里，全厂工人震惊了，纷纷掂着礼品到医院看望他，心软的女同胞泪水打湿了手绢儿。消息传到局里，局领导一个个表情复杂地抽烟。尼古丁终于驱使大家意见空前的统一：提升老姬为厂长！按本事早该提人家了。一个个良心发现似的。心里却都在说，反正他阳间日子不多了！

　　第二天，一纸任命书就送到了姬冠强的病床前。姬冠强似打了一支强心针，马上从病床上跳下来，说要回厂抓工作，弄得医生护士不知所措。说走就走，没办出院手续，没待厂里的小车开来，他就大步流星地向厂里走去了。

　　一周后，姬冠强被逼着到医院复查。结果出人意料，他根本没有肝癌，是误诊。

　　这时，工人们高兴了，惊呆的变成了局领导，一个个心里说，上当了，被老姬这小子骗了！

　　姬冠强坐在第一把交椅上，三下五除二对厂子进行了大幅度改革，又买进大批国外先进设备。宏升机械厂似半斤白面放了八两发酵粉，一下子大发了。

　　此时，局领导的位子已有了空缺。有人劝老姬去争一争。老姬抓半天头皮，说："干工作我行，叫我跑官，的确没这本事！"

　　又有人劝他"再患一次癌症"吧！老姬笑笑："这招儿只能使一回，二回就不灵了！"

圆满

安安美发屋是我最喜欢去的地方。安安不仅人长得好，像一支高雅的郁金香，手艺更是一流。最让人佩服的是她干起活来一丝不苟的服务态度。你瞧她，剪子在你头上飞舞，发出有节奏的咔嚓声；电推子在你耳边唱歌，像一只小蜜蜂在忙着采花；剃刀在你面上走过，像育花工人铲除花间的杂草。更让人叫绝的是一切活儿都干完了，她还要拿起电推子在你头四周转悠一番，查找不整齐的头发，像侦察机侦察敌情似的。此时，安安一颗热情服务的心和着她身上特有的女人味道，早浸透了你的心，使你似喝了一瓶有后劲的老酒，浑身都醉了。

当我接到出国讲学的邀请函，首先想到的就是去安安美发屋理理发，然后精精神神走出国门。吃过早饭，我就踏进安安美发屋。不想，还有比我更早的人，除一位坐在理发椅上理了一半，还有一位坐在沙发上等候。见我来了，安安忙停下手里的活儿，为我沏了一杯香茶，还递过来一本新版的《读者》，说："张师傅，请您稍等一会儿！"

我翻开杂志看了一篇文章，坐在发椅上的客人已接近尾声。我揉了揉眼睛，不想再读杂志，就观看安安为客人理发。此时，安安挥着电推子，在客人头上一圈圈盘旋，客人闭着眼睛享受这最后的圆满。

送走第一个客人，第二个客人坐上发椅时，我突然有了观看安安理发全过程的欲望。觉得观看她的理发也是一种享受。于是，她的剪、推、剃就一个步骤不拉地映入我的眼帘。又到最后时刻了，安安就再次拿起推子，在客人头上盘旋，一圈一圈，却不曾理下一根头发。其实，她前面的工作，早就做得全部到位了。

当送走这个客人，我就要坐上发椅的时候，突然问安安："最后一道工序是不是多余的？本来已理的很好的了，为什么还要用推子，一圈一圈在客人头上空转呢？"

安安笑了一下，和蔼可亲地说："这道工序看似多余，其实是十分必要的。追求完美是每个人的本性，客人头上虽没有了乱发，可心理上是不是还有乱发？这是在烫平他的心理呢！"

安安的话像缕缕春风，吹绽我的心花。好善良的安安，好聪明的安安！

当她为我理完发，又到最后一道工序时，安安问我："这事儿给您说透了，还……"

她的话没说完，我就说："算了，我心里早没了乱发。"

然而，离开安安美发屋，我心里还是久久不能平静。何必把话说透，而少了一道最后享受的工序呢！

我真不知今后还来不来安安美发屋？

角色

　　牛城市，抓文化的副市长郜维民退休后，官场这出戏就算告一段落。他在家安安稳稳休息了一个礼拜，就再也待不住了。整颗心被掏空了似的。他觉得自己像一只迷途的孤雁，在人生的坐标上，突然找不到了北。

　　每天早晨上班时间，来接他的小车笛声没有了，找他办事的手机铃声，也像黄鼠狼看鸡，越看越稀了。

　　这以后的日子怎么打发？他犯愁了。总不能就这样等死吧！别说继续为社会做贡献，要活着，总得找点精神寄托吧！

　　晚饭后，他独自到街心公园遛弯，碰到了市话剧团青年导演郑子胥。五年前，小郑提升导演时，文化局打来的报告，还是他时亲自批转的。一阵寒暄后，他就讲起自己退下来后的苦衷。郑导演抓半天头皮，说：“如果您有兴趣的话，还回来干您的老本行如何？”

　　“好！一言为定。”他一口就答应了下来。

　　第二天一大早，他就来到剧团报到。这儿的一切，他都十分熟悉，每棵树，每个屋子，他都感到亲切。只是老人不多了，许多青年演员，他都不认识。大家听说老领导回来了，都很高兴，围着他，像众星捧月。他立刻找到了感觉。当年，他就是从这儿走出去的。在剧团时，他从最简单的角色演起，以至演到每出戏的主角。比如演《董存瑞》中的董存瑞；演《焦裕禄》中的焦裕禄；演《油田战歌》中的铁人王进喜。他都演得栩栩如生，惟妙惟肖。

　　因他的戏演得好，很快就被提拔到了领导岗位上。从剧团团长到文化局艺术科科长；从文化局局长再到副市长。一晃就是几十年。人生的路走得真快呀！

他这次来到剧团的时候，正好剧团为了落实上级领导指示，重排红色经典。为的是让青年人不忘光荣传统，发扬老一辈创业精神。

于是，郑导演仍让他担任每出戏的主角。排《董存瑞》，还让他演董存瑞；排《焦裕禄》，还让他演焦裕禄；排《油田战歌》，还让他演铁人王进喜。

但不知为什么，他再也找不到当年的感觉了。演得每个英雄人物，都是拿腔捏调的，官气十足。大家看了，纷纷摇头。连他自己也不满意，说自己怎么不会演戏啦！

郑导演劝他别着急，慢慢来。不行的话，先从群众角色演起。

也只能这样了。

谁承想，群众角色，他也演不好了。本来是个小配角，上台跑跑龙套，就完事了，可他老是情不自禁指手画脚，不是演得过火，就是演得出戏。

郑导演也拿他没办法，一位老领导，你拿他怎么办！

还是一位当年同他配过戏，退休后又返聘回来的老演员咬着他的耳朵说："我看您还像当年一样，从头开始吧！"

老演员说的这个"头"，是有故事的。他学戏的时候，第一次上场，演得是一条狗。那时演《抓壮丁》，当国民党士兵抓着一个青年农民壮丁走过舞台时，他演得那条狗，就汪汪叫着，然后一口咬住国民党士兵的裤腿，尔后，被国民党士兵打了两枪托，便嗷嗷叫着下场了。

"也好！"他无奈地道。

果然，他就重新演了一回狗。像当年一样，还是老套路。他上场穿着狗衣，边爬行，边汪汪叫着。外人看到他的爬姿，明显沉重了，叫声也显得十分沧桑。

郑导演心里很难过。

阿贵要求住六楼

一办完父亲的后事，阿贵就找到房管科长老董，要求调到我现在居住的六楼上。老董不解地问："一楼住得好好的，为什么要偏偏上六楼？"

阿贵说："我就是想住高一点。"

老董说："一楼多方便。你房后还圈了个小院，又种了樱桃、架了葡萄，正是樱桃结果、葡萄开花季节，换给别人，你不后悔？"

阿贵说："不后悔。"

老董说："不后悔，那就直接找住六楼的老张谈吧。只要你们两家没意见，我马上就给你们办调换手续。"

阿贵找到我家的时候，我一家正在吃午饭。当他说明来意，我还有点不相信。谁会用自己白馒头去换别人的窝窝头呢？住一楼是我巴不得的事情，老母已七十多岁了，每天爬六楼很不方便。我说道："换房没意见，只是不知有没有附加条件？"

阿贵说："什么条件都没有。"

真是天上掉下来的好事儿，我一口答应了，第二天就办了换房证，第三天就搬了家。

当我住在一楼，母亲不再爬楼梯的时候，我十二分感谢阿贵，就设宴招待了他。三杯酒入口，阿贵就开了腔："住一楼实在住烦了。"

我说："有什么烦的？"

阿贵说："你住住就知道了。"

半瓶酒下肚，阿贵打开了话匣子："当时要一楼完全为了父亲，我是家中老大，弟妹们都以我为榜样呢！可住下后就后悔了。"

我问他："是不是嫌一楼脏？"

阿贵说："脏倒无所谓，主要是心理不平衡。赡养老人是义不容辞的责任，无话可说。每日想到二楼住着李科长，心里就压得慌，他在单位压着我，回来他还压着我；三楼住着王处长，四楼住着赵部长，都是顶头上司，他们整天虎着脸，一级压一级，心里实在难受；五楼住着小秦的，外号外交家，处处高我一头；六楼住着你这个大笔杆子，就别说了。一想到这些，我睡梦里就变成了一个蜗牛，驮着一个巨大的壳儿，累得要死。今天托你的福，总算让我能长出气了！"

送走阿贵，一晚上我都没睡好觉。阿贵的话一字一句都像重锤敲在我的灵魂深处。

阿贵住在六楼上可高兴了，邻居告诉我，他一到家不是唱就是跳。还模仿唐朝诗人王之涣《登鹳雀楼》，冲着窗户吟诗曰："白日依楼尽，滏水向东流，如今心愉悦，只缘住六楼。"

阿贵快乐了，他的蜗牛壳扣在了我的身上，我心里便沉重起来。我在想，等母亲百年之后，一定再把一楼换给他人。

白先生与黄女士

　　白先生和黄女士不是人，是一对猫。

　　事情是这样的：小张与小王结婚三年，都没有生孩子，日子过得疙疙瘩瘩的，不是生气，就是打架。为了转移视线，缓和局面，他们到宠物市场买回一对猫。

　　买猫那天，小张相中了一只白色的波斯公猫，小王却相中了一只黄色的本地土母猫。也算是中西结合，阴阳互补吧。猫进家后，他们学西方人，实行人性化管理，称白猫为白先生，叫黄猫黄女士。公母也称男女。

　　有一对猫陪伴，小张和小王的日子就过得顺溜了些。猫的喵喵叫声，像异性的舌头舔着他们的心，很惬意。也许猫儿知道哪个主人更喜欢谁，白先生见到小张，就摇尾巴，而黄女士看到小王，就蹭她的腿。

　　开始，白先生和黄女士生分，互相不理，过了些日子，熟悉了，开始来往。慢慢发展成"同床共枕"，他们相依卧在主人的沙发上，呼噜呼噜做美梦。

　　一年后，不知为什么，他们开始闹矛盾。白先生就不和黄女士睡在一起了。不是白先生夜不归家，就是黄女士四处流窜。有一次，白先生领回一只白色的女波斯猫，气得黄女士猛扑上去，咬得女波斯猫浑身是伤，在白先生的救助下，才得以逃跑。有一次，黄女士也领回一只黄土公猫，向白先生示威，白先生才不怕他哩，二话不说，上去就咬掉黄公猫一只耳朵，痛得他吱哇乱叫，狼狈逃窜。

　　是受猫的影响，还是他们旧矛盾复发了，小张和小王又开始闹别扭了。有时，小张说单位加班，多日不回；有时，小王称工友家有急事，替她加一个夜班，结果两三天都不归窝。后来，小张单位传出"风雨"，小王单位也曝出绯闻。

不到两年，先是白先生失踪：有邻居说，看到他与一只女波斯猫私奔了；后是黄女士离家出走，有人见她和一只土男猫组成了新家庭。

就在两只猫失踪不久，小张与小王也离婚了。